ベリーズ文庫

冷血悪魔な社長は愛しの契約妻を誰にも譲らない

晴日青

STARTS
スターツ出版株式会社

目次

冷血悪魔な社長は愛しの契約妻を誰にも譲らない

八年前の幸せ

「恋は盲目って言葉の意味がわかった気がする」

極上のベッドの上で天井を見上げながら言うと、六歳年上の恋人、筑波藍斗《つくばあいと》さんがふっと笑った気配がした。

「どういう意味なんだ？」

覆いかぶさってきた藍斗さんがそっと唇を重ねてくる。

くすぐったさに身をよじりながら、ベッドの上でだけ見せる甘い笑みに酔いしれた。

癖のある黒髪は微《かす》かに青みがかっていて、普段の無愛想な表情をより冷たく見せる。

切れ長の目はすっきりと涼しげで、流し目で見られるだけでも胸が騒いだ。

睨《にら》んでいるのかと思うくらい鋭い目つきをしているくせに、私に向ける時だけは優しげなやわらかいものに変わるのを知っている。

「藍斗さんのことしか見えないって意味。藍斗さんは？」

「今、お前以外のことを考えられる状況だとでも？」

私が笑ったのにつられたのか、さらに彼の笑みが深まる。

至近距離でまじまじとその美貌《びぼう》を見つめ、芸術の神様が魂を込めて作った彫刻でさえ、彼の整った顔には及ばないだろうと心の中で絶賛した。

「なにがそんなに楽しくて笑っているんだ」

ささやく声が近くなって、唇にまたキスをされる。

「幸せだなって思ったの。私、人生でこんなに好きになれる人が現れると思わなかった」

「円香《まどか》についていける相手もそういないだろうからな」

「あ、ひどい」

彼が私の名前を呼ぶ時、いつも胸の奥がぎゅっと甘酸っぱい気持ちになる。

使い慣れた三堂《みどう》円香という名前を特別なものに変えてくれる、魔法の声だと思った。

「お前に付き合ってやれるのは俺くらいだ。だから、俺以外の男には近づくな」

「あなたも嫉妬《しっと》するの？　そういうのとは無縁なのかと思ってた。いつもしれっとしてるから」

「嫉妬じゃない。恋人として当然の権利を主張しているだけだ」

藍斗さんの唇が首筋に落ち、キスの甘さが肌の上を撫《な》でた。

じんわりと広がる熱に身体が少しずつ火照《ほて》り、もっと彼で満たしてほしくなる。

「私の恋人が藍斗さんなんて、まだ夢を見てるみたい。本物？」

「もう何度も聞いたな。本物かどうかたしかめたいなら、触ればいい」

藍斗さんが私の手を引いて、自分の胸に押し当てる。

とくとくと鼓動が手のひらに伝わってきて、どうしようもなく胸が疼《うず》いた。

「本物かも」

「だろう？」

今度は鎖骨《さこつ》に落ちたキスを受け止めながら、しみじみと思う。

大学の在学中にホテル会社を立ち上げ、社長になった藍斗さん。見目《みめ》麗《うるわ》しい容姿もあってか、注目の若手社長として界隈《かいわい》では騒がれているらしい。

そんな人が今、私にあふれんばかりの愛情を込めたキスを浴びせている。

交際してからもうすぐ三か月。ふたりでなんの変哲もない道を歩いているだけでさえ楽しいから、このまま一生彼と一緒にいるのだろうと当然のように思っていた。

二度と恋なんてしない

「……嘘《うそ》。本物？」

郵便受けから取り出した一通の手紙を見てつぶやく。

チラシに紛れて入っていたそれは、ただの紙とは思えないほど重く感じた。

【プレザントリゾート、オープニングセレモニー特別招待券】と書かれたそれには、リゾート地の地図と交通手段、そして同行者を一名まで連れてきてかまわない旨が記されている。

今、世間で最も注目されている大型リゾート施設はどこかと聞かれたら、きっと百人中九十九人はプレザントリゾートだと言うだろう。

ホテルエリア、テーマパークエリア、リゾートエリアと三つのエリアに区切られており、『忘れられない思い出を作る場所』というコンセプトでありとあらゆる非日常的な体験ができるらしい。

連日、テレビでも話題になっていたから、ぜひいつか行ってみたいと親友の野瀬《のせ》優《ゆう》陽《ひ》と話していたのだけれど、まさか特別招待の抽選に当たるなんて。

まだ夢を見ているような気持ちになりつつ、喜びを分かち合うため、そして現実だと認識するために、優陽に電話をした。

『はーい。どうしたの？』

ふわっとしたやわらかい声がスマホの向こうから聞こえる。

高校時代からの大親友である優陽は、私と同い年の二十六歳。

紅茶色に染めた髪を肩のそばでふわふわ揺らしながら歩く彼女を思い出し、自然と口もとが緩《ゆる》む。

おっとりした女性的な顔立ちの彼女と違い、私は目ばかりぱっちりと大きくて勝ち気に見える。優しげな雰囲気になりたいとミディアムヘアをミルクティー色に染めてみたり、化粧もナチュラル系にしてみたりと試行錯誤《しこうさくご》してみたけれど、うまくいっている気はしない。

たぶん、そもそも喜怒哀楽をストレートに出しすぎて子どもっぽく見えるせいだ。

気をつけているのだけれど、楽しい時は楽しいと口にしてしまうし、嫌なことがあったらきっちり怒る性格はもう変えられそうにない。

「驚かないで聞いて。プレザントリゾートのオープニングセレモニーに招待されちゃった」

『えっ？　プレザントリゾートって……あの？』

「そう、あの。だめもとで応募してたんだけど、当たったみたい」

『すごいすごい、おめでとう』

こういう時、素直におめでとうと言ってくれる彼女が好きだ。

「それでね。実は同行者をひとりだけ連れていけるみたいで。予定、空けられそう？」

ひとりだったら寂しいな、と思いながら日時を伝える。

『空ける！』

心配は杞憂《きゆう》だったようで、即答される。

だけどすぐ、はっと小さく息を呑《の》む気配がした。

『でもいいの？　私で。お母さんとか、お父さんとか……』

「どっちかだけ誘うのも申し訳ないでしょ。だから一番の親友を誘ってるんです」

『うれしい。お返しできるものがあればいいんだけど……』

「いらないよ、お返しなんて。これまでみたいに、一緒に遊んでくれればそれで充分。どうしてもって言うなら、飲み物でも奢《おご》って」

『じゃあ、もしプレザントリゾートで欲しいものがあったら私が買ってあげるね』

「一番高いのにしようっと」

『もう、現金だなぁ』

優陽とは定期的に連絡し合っているけれど、その期間が空いてもこんなふうに昨日別れたばかりかと思うくらい、自然に話すことができる。

たとえ最後に話したのが一年前だろうと、だ。こういう空気感でいられるからこそ、私はこの関係を親友と呼んでいる。

もしかしたら、優陽も同じように思っているのかもしれない。

「じゃあ、後でいろいろ送るね。親切に地図とかついてるの。っていうか、先に写真を送っておけばよかったかな」

『そうしたらたぶん、なにこれどういうこと⁉って私のほうから円香に連絡してたよ』

その後はプレザントリゾートへ行く話で盛り上がり、ドレスコードでどんなドレスを選ぶか話したり、体重を落とすための効果的なダイエットについて話したりと盛り上がった。

一時間以上電話していることに気づき、道端のビニール袋を猫と間違えて追いかけた話に笑っている優陽に言う。

「すっかり喋《しゃべ》りすぎちゃった。優陽も明日は仕事でしょ？」

一般企業の事務職を務める優陽を気遣い、続ける。

「付き合わせてごめんね、ありがとう」

『ううん、楽しかった。また今度会って喋ろうね』

「うん。それじゃあね」

電話を切ると、ワンルームの部屋が一気に静かになる。

まさか大注目のリゾート施設への招待券がこんな場所にあるとは誰も思わないだろう。

たとえ当日素敵なドレスに身を包んだとて、私は食品会社の営業を勤めるごく普通の一般人だ。しかも趣味が貯金というなんとも夢のない人間である。

だからこそ、優陽と一緒に魔法にかかる日を楽しみにしているのかもしれないと思っていると、まだ手に持ったままのスマホが鳴った。

優陽がなにか言い忘れたんだろうか、と画面を確認すると母の名前が映っている。

こんな時間に?と訝《いぶか》しみながら電話に出た。

「もしもし。お母さん、こんな時間にどうしたの？　いつもならとっくに寝てる時間じゃ……」

『大事な話があるの』

張り詰めた声がして、ただ事ではなさそうだと背筋を伸ばす。

『うちで借金を返さなくちゃいけないことになったの。お父さんが友だちの連帯保証人だったんだけど、連絡がつかなくなったみたいで』

「そんな……。どのくらい返さなきゃいけないの？」

『……三千万』

「さ、さんぜ……!?」

想像もしていなかった金額を聞いて、咄嗟《とっさ》に理解できなかった。

「てっきり、百とか二百とかそのくらいかと……」

『びっくりだよね。でも、どうにかして返さなきゃいけないの』

父が連帯保証人を引き受けたせい、といえばその通りだけれど、責める気にはなれない。

私だってもし優陽が困っていると言ったら、リスクを考えずに手を貸すだろう。連絡がつかなくなったとしても、許せない気持ち以上に心配する。

人情に篤《あつ》い父のことだから、友人を心配する思いを抱きつつも、家族に迷惑をかける罪悪感で追い詰められているかもしれない。

『本当に申し訳ないんだけど、優陽にも助けてもらいたくて。無理のない範囲で返済の協力をしてくれないかな』

「もちろんだよ。こういう時があってもいいように、趣味を貯金にしてるんだから」

ちょっぴり大げさだったかと自分で思いつつ、通帳を引っ張り出して貯金額を確認する。

「五百万までならなんとか出せる。それ以上は、今後仕送りでって形になるかな。だけど私のほうでもなにか探してみるよ。うち、副業可だしいいバイトがあるかも」

『本当にごめんなさい。円香の大事なお金なのに』

「いいのいいの。ほかに使い道もなかったし、溜《た》め込むだけだったから」

『そうは言ったって――あ、お父さん』

衣《きぬ》擦《ず》れの音がした直後、父の声が電話口から聞こえてくる。

『円香、本当にすまない。お父さんのせいで……』

「そんなふうに思ってない。私だって優陽に言われたら助けちゃうもん。それより、友だちと連絡はついた？　大丈夫？」

『いや……』

「そっか。せめて無事だってわかるといいね。私のことは気にしなくていいから、あんまり塞ぎ込んじゃだめだよ」

『すまない』とまた震える声がする。もしこの場に父がいたら背中を撫でて慰めるのに、そうできないのがもどかしい。

「とりあえず、すぐ副業を探してみる。休暇もまだ使ってないのがあるし、短期で一気に稼げる場所もありそうだから」

そう説明し、電話を切ってからふうっと息を吐いた。

「三千万かあ」

口に出して言ってみても現実感は追いついてこない。

私が五百万出しても、まだ二千五百万の返済が残っている。

既に定年を迎えた父は再雇用で仕事を続けているけれど、老後のことを考えると返せて五百万くらいが限界なんじゃないだろうか。

となると、残りは二千万。簡単に返せる額ではない。

すぐにノートパソコンを引っ張り出し、検索窓に【短期バイト、高収入】と打ち込む。

【時給四千円！　きれいなドレスを着てお客様と喋るだけのらくらくバイト】

【たった一週間、住み込みで家事をするだけで二十万円！】

妙にいかがわしいものばかり目について、頭を抱えてしまった。

住み込みで家事をするだけならかまわないけれど、ホームページの下に小さく【当バイトでは、誓約書への記載をお願いすることがあります】とあり、なんとも不穏だ。

契約書ならまだしも、と思いつつその仕事は除外する。

さすがに短期で何千万も稼げるようなものはなかった。

休日の派遣バイトとして、試食品の提供や荷物運びなどをするのが現実的なラインか。

どう働くにせよ、やはり二千万の借金を完済するにはかなり時間がかかりそうだ。

「まあ、頑張るしかないか」

自分に言い聞かせるようにつぶやいて、優陽としたばかりの会話を思い出す。

仕事を増やすとなると、これまで通り優陽と会ったり、遊んだりするのは難しくなるだろう。

だったら、プレザントリゾートで過ごす日はせめて全力で楽しもうと思った。

＊　＊　＊

派遣バイトを始めて小銭稼ぎをしながら過ごし、およそひと月が経った。

オープニングセレモニーの当日、プレザントトリゾートの敷地に足を踏み入れ、優陽と一緒に感動に震える。

ほかの招待客もそれはもう見事なドレスやタキシードに身を包んでおり、今日のためにちょっとおしゃれなサーモンピンクのドレスを着てよかったとひそかに思った。

ぴったりしたラインのドレスを着た私と違い、優陽はゆったりした水色のドレスを着ている。彼女のふんわりやわらかな空気と淡い水色がマッチして、ひいき目抜きにかわいかった。

「セレモニーってどんなことをするんだろうね」

「社長の挨拶とか？」

「それはそう。私が言ってるのはオリエンテーションとか、そういう話」

天然の自覚がない優陽が『なるほど』と真面目な顔でうなずく。やっぱり私の親友はとびきりかわいい。

ふたりで人の流れに従い、敷地内のホテルへ向かった。

荷物検査と招待券のチェックを済ませ、わくわくしながらホテルのエントランスに足を踏み入れる。

まだ敷地内を見学したい人のほうが多いのか、中は意外と空いていた。

たくさん人が入っていくところを見たのに、と思ってから、そもそもエントランスホールが広いからなのだと気づく。

ほかの招待客と同じく壁や室内を見回し、豪華なシャンデリアや飾られた花を見ては優陽と盛り上がった。

さっきまで少し緊張したふうだった優陽の顔にも、少し余裕が出ている。

たしかにこういう場所は気後れする。私はたまに仕事で知り合った取引先から、懇《こん》親会《しんかい》や慰労会《いろうかい》に誘われることがあったから、まだそこまで緊張せずにいられた。

そういうわけで心に余裕があるからか、招待客の中にちらほら見知った顔があることに気づく。

「あ、見て。あそこにいるのって俳優の……えっと、名前ド忘れしちゃった」

とある小説を原作とした映画の主演を務めたというのは覚えている。

最近、若い層に人気の俳優だということもわかるのだけれど、肝心の名前だけが出てこない。

よく見ると、ほかにもテレビで見たことのある人が見受けられた。

俳優だけでなく、モデルやインフルエンサーなど、自分がこの招待客の中に紛れるのが申し訳なくなるほどの豪華なメンツだ。

しばらく優陽と遊べなくなるから、今日はとびきり楽しもうと思っていたけれど、この様子なら想像以上に素晴らしいひと時を過ごせそうな気がした。

その後、スタッフの誘導に従ってエントランスホールの奥へ向かった。

セレモニーが始まり、優陽が言っていたようにプレザントリゾートの創設に携わった社長ふたりが壇上《だんじょう》へ現れたのだけれど。

「……嘘」

ひとりは非常にオーラのある背の高い男性。優しげな雰囲気の人で、素直に好感が持てる。

問題はその隣に立つ男性だ。

どこか冷たい空気を漂わせた、氷のような鋭さを抱く人。

八年前、大学一年生だった頃に交際していた——そして将来をともにするのだと信じて疑わなかった人にあまりにもよく似ている。

そんなまさか。そう思うと同時に、彼ならばここにいてもおかしくないとも思った。

彼——筑波藍斗さんはホテル事業を手がける会社の社長なのだから。

日本にある多くの有名な新興ホテルのほとんどに、彼が関わっている。老舗と呼ばれるようなホテルの買収にも積極的で、利益のためなら手段を選ばない姿を〝冷血悪魔〟と称する人もいるらしい。

彼についての情報をすぐに引き出せる自分自身に苦い思いを抱く。プレザントリゾートに彼が関わっていてもまったくおかしくないのに、どうして頭から抜け落ちていたのだろう。こんなことなら、施設の創設や経営に携わる会社の名前まで見ておくべきだった。

「どうしたの？」

声をひそめた優陽に尋ねられるも、首を横に振るだけで、壇上にいる彼から目を逸《そ》らせない。

よく似た人であって、彼がまだ私の知る藍斗さんだとは確定していない。それなのに、彼をかつての恋人だと信じて疑わない自分がいることに気がついた。

あの時二十四歳だった彼も、今は三十二歳か。

落ち着いた雰囲気の中にも二十代前半のはつらつとした若さが見え隠れしていたのに、今はすっかり年齢相応の雰囲気がある。

年齢を重ね、より大人の男の渋みと色気が出たとでもいえばいいのだろうか。

この場にいる全員が彼に見とれたっておかしくないほどの色香を、どうして周りの人が気にしていないのかまったく理解できない。

それとも、そう思っているのは私だけ？

「本日はお集まりいただき、誠にありがとうございます。『株式会社ウェヌスクラース』、代表取締役の水無月志信《みなづきしのぶ》と申します。よろしくお願いいたします」

彼の横に立った男性が心地よい声を響かせて自己紹介をする。

ウェヌスクラースは土地開発系の企業だったか。急成長を遂げている会社として聞いているけれど、今は気にならない。

――早く。あなたが本当にあなたなのかを教えて。

もう二度と会わないだろうと思っていた人であってほしいのかほしくないのか、自分でもわからないまま願いを込める。

水無月社長からマイクを受け取った彼が、切れ長の目で会場を見つめた。

艶《つや》やかな眼差しで流し目に見るのは彼の癖だった――。

そんなことを思いながら、胸の前で祈るように手を組む。

「『株式会社アルスクルトゥーラ』、代表取締役の筑波藍斗です」

その瞬間、なんの音も聞こえなくなった。

やっぱり彼は彼だったのだと、八年前愛を交わした人だと、泣きたい気持ちになる。

今日は優陽と楽しく過ごそうと決めていたのに、これでは藍斗さんのことしか考えられなくなってしまう。もう彼のことなんて好きじゃないはずなのに、忘れられずに今日を迎えてしまった自分がむなしかった。

＊＊＊

大学一年生になった私は、学校に慣れ始めた頃、同じサークルの友人からとある交流会に誘われた。

ほかの大学の生徒だけでなく、そこの関係者や卒業生も参加するとのことで、かなり大規模なものらしい。

友だちが増えたらいいなと呑気《のんき》についていったのだけれど、友人は友だちではなく恋人を求めていたようで、そうそうに私を放置して人ごみに消えてしまった。

それならそれで適当に楽しむかと、甘いノンアルコールドリンクが入ったグラスを片手に初対面の人たちとの会話を楽しむ。

ここへ連れてきてくれた友人のように出会いを求めている人もいれば、私のように気の置けない友人を求めている人もいた。

大学生特有のどんちゃん騒ぎもなく、比較的落ち着いた雰囲気で非常に居心地がいい。

目的は違えど、いい会に招待してもらったと思いながらさまよっていると、背の高い男性にぶつかってしまった。

『すみません』

『こちらこそ。大丈夫ですか？』

見上げた瞬間、息ができなくなった。

どんな芸術家がどれほど完璧に彼を模写しても、整った美貌は写し取れないだろう。

ひやりと冷たい瞳に見つめられているのに、逸らそうと思えない。

自分の中の時間がすべて止まったような気がして、声すら出てこなくなった。

『どうかしましたか？』

再度声をかけられ、うわごとのように言う。

『あんまりにもきれいで見とれました』

『……え？』

『あっ』

彼の訝しげな反応を受けて、ようやく意識が現実に戻ってくる。

『すっ、すみません。そんなつもりじゃなかったんです。本当にきれいなお顔だなと。あ、でも、あの、失礼でした。ごめんなさい』

初対面の人間の容姿について、たとえ褒め言葉だろうといきなりあれこれ言うのは品がない。

慌てて謝罪し、頭を下げると、ふっと笑うのが聞こえた。

『失礼。面と向かってそう褒められたのは初めてだ』

『そうなんですか?』

思わず顔を上げ、尋ねてしまう。

『話しかけにくい、と思われるほうが多いんだ。……名前は?』

なにを聞かれたのかすぐには理解できなかった。

私が口を開くのを待っているらしいと気づき、遅れて意味が追いついてくる。

『三堂円香です。数字の〝三〟に、お堂の〝堂〟で三堂。円香は日本円の〝円〟に〝香り〟です』

『丁寧にどうも。筑波藍斗だ』

慣れた手つきで名刺を差し出され、その名前を確認する。

『株式会社アルスクルトゥーラ……社長さんなんですか?』

『ああ。学生の時に起業した』

『すごいです。こんなにお若い社長さんもいるんですね。どんな会社を経営されているんですか？』

話し出すと、もう容姿に惹《ひ》かれたことなど忘れてしまった。

理知的な会話も、興味深い社長業の話も、彼が無駄のない進め方をしてくれることもあり、次々と知識欲と好奇心を刺激されてつい止まらなくなる。

もっとたくさんの人と話そうと思っていたのに、結局交流会のほとんどの時間を筑波さんと喋ってしまった。

『こんなに長い時間、付き合わせてしまってすみません』

『無理に付き合わされたわけじゃない。俺も楽しませてもらった。起業に興味があるのか？』

『いえ。でも今まで自分の知りえない世界のことだったので、お話を聞くのが楽しくて』

『楽しんでもらえたならなによりだ。もしまたなにか聞きたくなったら、連絡してくれ』

『ありがとうございます』

交流会の終わりとともに、筑波さんに別れを告げる。

気軽に言ってくれはしたけれど、きっとこれが最初で最後だろう。経営者なら忙しいだろうし、学生の質問に付き合っていられるほど暇じゃないはずだ。


そう思っていたのに、私はそれからも何度か筑波さんに会った。

最初は同じゼミの子が起業を考えていると聞いて連絡し、次は別の交流会で再会した。その次は筑波さんから食事に誘われ、私からも誘うようになり……。

春に出会った私たちは、本格的な夏が始まる前に恋人の関係になっていた。

筑波さんと呼んでいたのが藍斗さんに変わってから、私の人生は劇的に変わった。

それまであまり恋愛に興味を持てず、これが初めての恋になったのも関係しているのだろう。

年上の藍斗さんにふさわしいと思われたくて、私も会社経営の勉強をしてみたり、学生の間に取れる資格をいくつも取ってみたりした。

なんだったら、秘書の勉強までしたくらいだ。

もちろん、社長として働く藍斗さんの秘書を務める妄想《もうそう》にも勤《いそ》しんだ。それを本人に伝えたら、よほどおもしろかったようでしばらくツボに入っていたけれど。

『お前には秘書よりも恋人でいてもらいたいな。仕事に集中できなくなる』

笑いながら言った藍斗さんにますます夢中になった私は、今のままでもいいと言う彼の言葉にはかまわず、さらに勉強を重ねた。

どんな瞬間でも彼にふさわしくありたいと思ったからだ。


初めてのキスも済ませ、お泊まりデートもするようになり、やがて冬になった。

そんなある日、私のもとに妙な電話がかかってきたのだ。

『これ以上藍斗に付きまとわないで。本当の恋人は私なんだから』

どこで番号を知られたのかもわからないし、相手が誰なのかもわからない。

それがなにやら恐ろしいのと、『本当の恋人』という言葉が引っ掛かって、藍斗さん本人に相談できずにいた。

藍斗さんには私以外の女性がいる？

信じられないと思う反面、ありえない話でもないかもしれないと不安が込み上げる。

彼との予定が合いにくいのは、単純に仕事があるからだ。休日だからといって休んでいられる立場でもなく、取引先と私的な食事会をしたり、私と出会った時のような交流会に参加して伝手《つて》を手に入れたり、非常に忙しい。

本人としては事務仕事と経営に集中したいらしいのだけれど、まだまだ成長中の若い会社ということ、そして藍斗さん自身が営業の場に顔を出したほうが確実だという事情から、せっせと営業活動に勤しんでいるようだった。

それを聞いてまた営業の仕事について学んでいたものの、一度だけ藍斗さんが嗅《か》ぎ慣れない香水の匂いを漂わせて現れた時があった。

『友人がここぞという時につけると言っていたから、それだろう』

と言っていたけれど、はたしてそれが本当だったのかどうか。

ここで初めて私は、藍斗さんが自分自身についてあまり語らないことに気づいてしまった。

どんな家庭で育ち、なにが好きでなにが嫌いなのか。友人という人はそもそも男なのか女なのか、いつから藍斗さんと仲良しなのか。

気になって聞いてみると、彼は『別におもしろい話じゃない』とだけ言って話を終わらせてしまった。

本人が話したくないならいいか、と思いつつも、たぶん私の中には小さな疑問と不安が残ったのだろう。

それがいつの間にか積み重なり、怪しい電話の言葉を無視できないほど大きくなっていた。

忙しいというのは本当に仕事？　私以外の人と会っているんじゃ？

藍斗さんへの気持ちが大きかったからこそ、余計に怖くなった。

悩んでいる間にも私を牽制《けんせい》する連絡は止まらず、電話どころかメールでも別れるように言われるようになったのだ。

さらには法的手段に訴えるという物騒な文言まで追加されるようになり、なぜ自分が訴えられるのかわからなくてどんどん不安が募った。

こうなったら藍斗さんに直接確認を取ろうと思い立ち、何度か訪れた彼の家へ足を運んだ。

いつもなら事前に連絡をするのに、謎の人物に追い詰められてすっかり抜けていたのが悪かったのだろう。

三十階建てのマンションの前で見たのは、藍斗さんが見知らぬ女性とエントランスに入っていく姿だった。

＊　＊　＊

藍斗さん、と声には出さず唇を動かす。

八年前、私は年が明ける前に彼に別れを告げた。

『理由を聞かせてくれないか』

『あなたが一番よくわかってるはずだよ』

電話で別れ話をするのは誠意がないと思って、直接会って話したら余計につらくなった。

泣きそうになるのを堪《こら》えて別れを訴えると、意外にも彼はあっさり受け止めてくれた。

だから確信したのだ。やっぱり私は二番手でしかなかったんだろうと。

本当に好きだったたから、彼と別れてからの八年間は誰に声をかけられようとその気持ちに応えられなかった。

そんな人がまた目の前に現れるなんて、はたしてこれは幸せな夢なのか、それとも悪夢なのか、どっちなのだろう。

「ねえ、円香」

優陽に話しかけられ、はっとそちらを見る。

優陽には彼のことを話していない。

高校時代、彼女が恋愛で嫌な思いをした時から、なんとなくふたりの間で恋愛の話をしなくなったからだ。

「どうかしたの？」

「あー……ううん、ちょっと知ってる人に似てたからびっくりしちゃった」

そう言ってから、付け加える。

「私と知り合いになるような人が、こんなところにいるはずないのにね」

これだけの素晴らしいリゾート施設の創設に携わるような人との交際なんて、きっと続かなかったに違いない。

あの頃の私はどうしようもなく子どもで、社会をなにも知らなかった。彼の役に立ちたいと学んだ数々の勉強が、重いと思われても仕方のないことだと気づけないほどに。

住む世界が違う人なのだと、改めて藍斗さんを見つめる。

ずいぶん昔に『世界一のホテル王になって』なんて言ったけれど、彼ならばきっと自分の力でそれを叶《かな》えてしまえるのだろう。

誇らしいと思うと同時に、いたたまれなくなった。

別の女性を家に連れ込んでいる姿を見てもなお、彼を憎めない自分が悲しい。

彼のいいところや、素晴らしい一面をたくさん知っているから。

「いくらなんでも見すぎじゃない？」

優陽に苦笑され、肩をすくめる。

「かっこよすぎて見とれただけ」

どちらの社長に、とは言わない。

水無月社長もとても素敵な人だと思うけれど、私の目には藍斗さんしか映らなかった。

「たしかにかっこいい人たちだね」

同意してくれた優陽も壇上に目を向ける。

誰だって藍斗さんを見たら、最初に出会った時の私のように目を奪われてしまうに決まっている。

そうならないほうがおかしいのもわかるけれど、彼は信用ならない人なのだ。

そんな相手にまた胸を騒がせてしまうなんて、自分の愚かさを恥ずかしく思った。

話のほとんどが右耳から左耳へ通り抜ける状態のまま、セレモニーを終える。

自由行動を促《うなが》され、優陽とホテルの外へ向かおうとする。

だけど、そこに思いがけない人物が現れた。

「円香」

優陽と話していたところに割り込んできた声は、ついさっき壇上でマイクを通して聞こえたものにそっくりだ。

振り返りたくなくて硬直していると、横にいた優陽がそちらを見てしまう。

「筑波社長……？」

優陽の戸惑いが、呼んだ名前に込められていた。

なぜ、という気持ちを抑えられないまま、私も覚悟を決めて藍斗さんを振り返る。

「どうしてお前がここにいるんだ」

「それはこっちの台詞《せりふ》だよ。どうしてあなたが……」

平然と返したつもりが、声が震えた。

そこで優陽の視線に気づき、安心させるように笑いかける。

きっと私の顔は引きつって、変な笑みになっていただろう。

「そっくりさんじゃなくて、本人だったみたい」

「え……。じゃあ、筑波社長が知り合いってこと……？」

「そういうこと」

そうだろうと思っていたけれど、そうであってほしくなかった気持ちがある。

こんな形で再会するなんて思ってもいなかったし、そもそもなんで私に気づいたのか、わざわざ会いに来たのか、なにもかもわからなくて混乱した。

どう説明しようか、まず説明が必要なのか、と悩んでいると、藍斗さんに手首を掴《つか》まれる。

「ちょっと」

「話がある。……お前もそうじゃないのか」

あなたと話すことなんて今さらない。八年も前に私たちの関係は終わっている。

そう言うのは簡単なはずなのに、手首から伝わる彼のぬくもりが私の中に眠っていた想いを強引に引きずり出した。

これ以上この気持ちが大きくなるのは怖い、と自分を落ち着かせるために息を吐く。

「ごめん、優陽。ちょっと抜けるね」

「気にしないで。適当に見て回っておくから。私のことはいいから、ゆっくり話してきて」

「ありがとう。ひとりにしてごめんね」

今日は優陽と過ごすと決めていたのに。

今からだって、藍斗さんの手を振り切って優陽といると言えばいいのに。

それでも私は、彼を選んでしまった。

――ごめんね。本当にごめんなさい。

心の中で何度も優陽に謝っている間に、藍斗さんは彼女のための案内係とやらを呼びに行った。

しばらくしてやってきたのは、驚いたことに水無月社長だった。

これはまたとんでもなく立派な案内役だ。

藍斗さんから強引に後を任された水無月社長に対し、申し訳ない気持ちを抱きながらその場を後にした。


藍斗さんは人の目を避けつつホテルの一室に向かった。

このホテルにたったふた部屋しかない最上級のスイートルームへ連れてこられ、部屋の鍵を閉められる。

「……久し振り。プレザントリゾートに関係があるなんて知らなかった」

「わかっていて来たのだと思っていた」

唇を引き結んで首を横に振る。

彼の名前を見ただけでつらくなるから、極力避けて生活してきたのだ。

ホテル事業のニュースは見ないようにしたし、仕事だって関係しそうな場所は選ばず就職した。彼の役に立てたらいいと学んだことのすべてが、就職で役立ったのは皮肉である。

「ここに来たのは、たまたま抽選が当たったから。それ以外の理由はないの」

「……一般抽選の倍率は一万倍を超えている。その確率を引き当てたというのか」

「裏技でも使ったと思うの？　あなたと付き合っているならまだしも、今は……なんの関係もないのに」

ずっと無表情だった藍斗さんが初めて表情を動かした。

眉根を寄せたその顔に表れているのは、苛立《いらだ》ちだろうか。

「もし疑っているのだとしても、友だちの前ではやめて。調べたいならいくらでも付き合うから」

「別に疑っているわけじゃない。そんな偶然があるのかと驚いただけだ」

本当に言葉通りの意味なのか、私にはわからなかった。

八年前のほうが理解できたように思う。それが、ともに生きなかった時間の長さを示しているようで切ない。

「てっきり追及するために呼んだのかと思った。そうじゃないなら、どうして私をここに連れてきたの？」

藍斗さんが口を開きかけて、また閉じる。

なにか言おうとしたのは間違いないだろうけれど、結局私には明かされなかった。

「……そうだ。大事なことを言い忘れてた。せっかくだから、直接伝えるね」

彼が黙ったままだから、自分の気持ちをちゃんと伝えておこうとする。

「プレザントリゾートの完成、おめでとう。まだ正式なオープンまでは先だし、きっとこれからも忙しいんだよね。大変だろうけど、頑張って」

藍斗さんは私を裏切った人だ。でも、尊敬する気持ちは消えていない。

ここまでの大仕事を果たした手腕を素直にすごいと思う。願わくは、私が隣にいて彼を支えたかったけれど、それは言っても仕方がないことだ。

「お前の言う通り、これまでよりもこれからのほうが大変だ。だから力を貸してもらいたい」

「……なにを言ってるの？　私にできることなんて」

「今、従妹《いとこ》との結婚を迫られている」

彼はこんなたちの悪い冗談を言うような人ではない。

真剣な表情からも、私を騙《だま》してなんらかの結果を得ようとしているふうには見えなかった。

「両親も含め、外堀を埋められているところだ。親族からすれば、身内同士で関係を持ったほうが利益を貪《むさぼ》りやすいからな。だが、俺は従妹と結婚したくない。自分が築き上げてきたものを、どうして利用されなければならないのかわからないからだ」

攻撃的な物言いから、彼が心底その結婚を嫌がっているのが伝わってくる。

「それに彼女はあまり素行がよくなくてな。繁華街で夜遊びをして支払いを踏み倒そうとしたとか、アングラな連中と付き合いがあるとか、いろいろと問題が多い。実際、何度も尻拭《ぬぐ》いをさせられた。親戚だから、という理由だけでだ。これ以上、彼女には関わりたくない」

きっぱり言い切ったところを見る限り、よほど迷惑をかけられてきたのだろう。

それにおそらく、身内にも味方がいないようだ。本人がいくら拒んでも、強引に話を進められかねないような。

彼の両親までが望まない結婚に前向きだとしたら、なおさらだ。

「困っているのはわかったけど、私になにができるの？　力を貸してって言われても、あなたのご両親や親戚を説得できる立場じゃないよ」

「その立場になればいい。俺と結婚するんだ」

はっきりと告げられ、驚きのあまりよろめく。

咄嗟に差し出された藍斗さんの手を、思わず拒んでしまった。

「結婚なんて……。よりによって、あなたと？」

「思っているような関係にはならない。俺が望まない結婚をしないための、飾りになってくれればそれでいい」

「飾りって……」

彼は私に〝お飾り妻〟になれと言っているのだ。

愛のない結婚をしてまで、彼は従妹との結婚を拒みたいらしい。

「ほかの人には頼めなかったの？」

たとえば八年前のあの日、あなたが関係を持っていたもうひとりの女性とか。

それを言えば嫌みになってしまうと思ったから、呑み込んでおく。

「偽装結婚に愛は必要ない。その点、お前は誰よりもこの結婚にふさわしいだろう？」

喜ばしい理由ではない。

彼は一度別れを選んだ私なら、自分を好きになることがないと判断して、こんな提案をしてきたのだ。

たしかに理にかなった賢い考え方だ。私をもののように見ている、という点を除けば。

「もちろん見返りも用意する。俺に叶えられるものであれば、どんなものでも。手っ取り早いのは金だが、お前はそういうものを欲しがる性格じゃないだろう。だから必要なものがあれば言ってくれ」

「お金がいい」

咄嗟にそう答えた私を、藍斗さんが驚いたように見つめ返す。

「できれば二千万。最低でも一千万は……」

それだけあれば、実家の借金を返済する目途が立つ。

たとえ彼に、がめつい女だと思われたっていい。大金を要求するのは気が引けるけれど、両親を心労から救うためのチャンスを逃すわけにはいかない。

「お前に金の話をされるとはな。なにか困っていることでも？」

藍斗さんが訝しげに尋ねてくる。

その問いには首を横に振って答えた。

「老後に向けて、二千万から三千万貯金しておけば安心だって言うでしょ？　だからそのくらいあれば、悠々自適《ゆうゆうじてき》な人生を送れるんじゃないかと思って」

不意に藍斗さんが不思議そうな顔をした。

そして私の左手に視線を向け、自嘲気味な笑みを浮かべる。

「先に結婚しているかどうか聞き忘れていた。結婚どころか、恋人もいないんだな」

「どうして、そんなこと」

「今のは一生独身でいるつもりの言葉だろう」

見透かされていて苦い気持ちになる。

別にそれを彼に知られたところで、どうというわけでもないけれど。

「あなたにとっては都合のいい話だよね」

「……ああ。だから五千万用意する」

「えっ⁉　そ、そんなにいらない！」

思わず声をあげると、藍斗さんがまっすぐ見つめてくる。

「お前との結婚にはそれだけの価値がある。安すぎるくらいだ」

「二千万でいいの。そんなにもらっても困るよ」

「だったら一億にしようか」

「どうして金額が上がってるの……！」

恐ろしくなっていると、藍斗さんに左手を引っ張られた。

「自分がどんな男と結婚するのか、早めに知るべきだ。違うか？」

今はなにもない薬指に藍斗さんの口づけが落ちる。甘い感触に胸が震えて動けない。

「俺の妻になるからには、ありとあらゆるものを与えてやる。その代わり、俺の望む妻でいろ」

「……あなたを好きにならないお飾りの妻、ね」

口にすると、胸に小さな痛みを覚えた。八年前は私を裏切り、再会してすぐにこんな提案をしてくるような人なのに。

「そうだ。俺を好きになるな。それさえ守ってくれればいい」

こんな最低な人、今も好きなわけがない。

だけど、だからこそこの結婚はチャンスだ。好きになりえない相手と、形だけの結婚をすれば両親を助けてあげられる。

大金を軽く出せる男だと知って媚《こ》びてきたのか、と彼に軽蔑《けいべつ》されようと関係ない。

ほかに両親を救う手段が思いつかない以上、答えは決まっているようなものだ。

「わかった。あなたを愛さないって約束する」

微かに藍斗さんが眉根を寄せた。

自分が言った条件のはずなのに、気に入らないと思っているかのような。

「だけど五千万も必要ないから――」

「だったら三千万だ。金が必要なんだろう?」

私がお金に困っていると知っての好意なのか。いや、金額を吊《つ》り上げることでより逃げられないように追い込んでいるのか。

拒んだところで彼は譲らないだろうと判断し、渋々承諾する。

「じゃあ、三千で。……そんなにいらないのに」

藍斗さんは私のつぶやきを無視した。

「すぐに契約書を作る。婚姻届も来週中には提出したい」

「そんなに早く?」

「家も引っ越してもらう。新婚早々別居じゃ、偽装結婚だと疑われて当然だからな」

「待って、やることが多すぎるよ」

「必要な手配はこちらでする」

よほど藍斗さんにとって切羽詰まった状況らしい。

本当はもう少し時間が欲しかったけれど、そういうことなら従うしかなかった。

「先に言っておくけど、仕事を辞めるつもりはないからね。結婚したからって今まで頑張ってきたことを放り出したくない」

「金の心配ならしなくていい、と言うところだったが、そういうことなら辞めろとは言えないな」

ややこしい結婚になるのを考えると、仕事を辞めて家庭に入れと言われてもおかしくないだろうと予想していた。だから少しかまえてしまったのだけれど、意外な回答が返ってくる。

「いいの？」

「お前の『今まで頑張ってきた』がどの程度のことなのかはわかっている。俺が知っている頃のお前の話に限るが」

どき、と胸の奥で小さな音が鳴る。

交際していた頃の私は、藍斗さんに憧れて仕事を学んだ。その時に勉強していた様子のことを言っているなら、たしかに彼は私がどれだけ頑張ったのかを想像できるだろう。

わからないことは質問し、勉強に夢中になりすぎてときどき寝食を忘れそうになった。目の前のことに必死すぎて、効率が悪かったと今なら思う。

「あの頃より、もっと頑張ったよ」

どうして八年も前のことを覚えているのだろう。彼にとってそれほど印象的だったのだろうか？

どちらにしろ、『もしかしたらまだ私のことを好きかも』なんて愚かなことは考えないない。

この男は私を傷つけてなお、のうのうと契約結婚を提案するような最低な人間だ。

「そうか。次はその頑張りを俺の妻として生かしてくれ」

傲慢な物言いにむっとする。あなたのためになんて頑張りたくないと喉まで出かかった言葉を呑み込んだ。

どんなに憎くても、両親のためにこの人との結婚は必要不可欠なのだから、余計なことを言って反感を買わなくていい。わかっていても胃のあたりがむかむかした。

好きになるな？　くだらない心配をしなくても、私はもう絶対に彼を好きになったりしない。

家族の作り方

藍斗さんは有言実行の人だった。

再会して一週間後、私の苗字は三堂から筑波に変わった。

八年前とは違う一軒家に足を踏み入れる。

現在の自宅は二階建てで、ほとんどの部屋が空き室だという。仕事の関係もあり、普段は寝るためだけに帰ってきているようだ。

だから多くの部屋ががらんとしているのに、寝室だけは生活感がある。

リビングでさえ、普段ここで生活している人がいるのか疑問に思える寒々しさだった。申し訳程度にテーブルとソファがあるけれど、小物や観葉植物といった飾りになるものはなく、広い空間を持て余しているように見える。

テレビすらないのには驚いた。でも、そもそもゆっくり見る時間がないなら置いていないのも仕方がないのかもしれない。

私の部屋は一階と二階にある好きな部屋から選んでいいということで、それならと二階の部屋にしてもらい、事前に運んであった荷物を確認する。

身辺整理が完了したら、一応優陽には報告しておきたい。

突然の結婚で驚かせてしまうかもしれないけれど、ずっと黙ったままでいるほうが嫌だった。

とはいえ、優陽に恋愛に関わる話をするのは気が引ける。

彼女は高校時代、恋人に浮気されていた。しかも浮気相手はひとりではなく、複数人いたのだ。

下衆《げす》な恋人はおとなしい優陽に代わって私が成敗しておいたけれど、あの時の彼女は本当に落ち込んでいたから、それ以来恋愛の話をしにくくなってしまった。

もしその時、優陽が幸せな恋愛をしていたら、私も大学時代に起きた藍斗さんとの件を話していただろう。

ダンボールから私物を取り出し、藍斗さんが用意してくれたタンスにしまったり、デスクに並べたりしているうち、ふとやけに部屋が広いことに気がついた。

あっと気がついて、リビングに向かう。

「藍斗さん、ベッドは？　まだ届くのに時間がかかりそう？」

私室を用意してくれるというから、必要な一式を頼んだつもりだった。

だけどこれから私の部屋になる場所に肝心のベッドがない。どうりで広く見えるはずである。

「ベッドなら寝室にある。そんなにいくつも必要ないだろう」

「普通の夫婦ならそうかもしれないけど、私たちはそういうのじゃないよね。だったら、同じベッドで寝るのはおかしいと思う。別に誰かに見られるわけでもないのに、そこまで夫婦らしくする必要はないよ」

内心の動揺からついまくしたてるように言ってしまった。

藍斗さんと一緒に寝る？　とっくに別れを告げた彼の体温を感じながら？

「逆に、別のベッドにしなければならない理由はあるのか？　どうせどこのベッドで寝ようがなにも起きないんだから関係ないはずだ。それとも、俺がなにかすると思っているのか？」

「それは……違うよ。そんなふうには思ってない」

ソファに座っていた藍斗さんが立ち上がった。そうして私の手を引き、二階の寝室へ向かう。

部屋の半分以上を埋め尽くす大きなベッドは、あまりにも存在感があった。きれいに整えられてはいるけれど、今朝ここで寝た時についたのだろうと思われるシーツの跡や、畳まれた毛布を見ていると、ひどく意識してしまう。

「この広さなら問題ないはずだ。どうしてもというなら、間に仕切りでも置くか?」

「そこまでしなくてもいいけど、本当にここで一緒に寝るの?」

「一緒に寝るわけじゃない。同じ場所で寝るだけだ」

同じ言葉のようだけど、たしかに意味は違うのかもしれなかった。

ふたりでともに寝るのではなく、ただ場所が同じだけ。

それは、恋愛感情を抱くなと言った時以上に、私との間に線を引こうとする意志を感じさせた。

「……あなたが気にしないならいい」

「ほかに問題はないな。あるなら早めに言ってくれ」

これが一番大きな問題なのに、彼は本当に気にならないらしい。

今は私をなんとも思っていないのだと思い知らされて、切なくなった。


二週間が過ぎ、優陽にも結婚の連絡を済ませた後。

藍斗さんの実家へ結婚の報告をすることになった。それならいっそ、私の実家にも挨拶を済ませてしまおうと、土曜日は藍斗さんの家へ、日曜日は私の家へ顔合わせに向かうこととなる。

慌ただしいものの、ややこしくなりそうな問題は早めにまとめて片づけておきたい。藍斗さんも同じ考えらしく、私が二日連続の顔合わせを提案した時に肯定的な反応を見せた。

そうして藍斗さんの運転する車で一時間ほど高速を走り、都心に比べれば牧歌的な景色が広がる郊外へやってきた。

高速を下りてさらに三十分ほど車を走らせると、広い土地の中にひと際大きい一軒家が見える。

藍斗さんがガレージに車を止めた。降りてからこわばった身体を伸ばし、改めて家の外観を見る。

義父母となる人たちについて、彼は八年前と同じように今回も多くを語らなかった。必要以上に関わりたくない相手だ、ということは察したけれど。

少なくとも結婚の挨拶に行くくらいだから、苦手意識はあったとしても完全な没交渉ではないのだろう。

そう思ってから、結婚の原因が彼の両親と従妹だったのを思い出した。

だとすると、よい関係ではないかもしれない。

怒号が飛び交う顔合わせになるとは思えないものの、ある程度の覚悟を決める。

「今日は結婚報告をしに来た。それ以上のことはなにもしないから、お前も彼らの言うことを聞かなくていい。せっかくだから泊まれだとか、俺との結婚生活について話を聞かせてほしいとか、そういう話をされてもだ」

「わかった。会話は藍斗さんに任せる」

答えつつ、そんな話を嫁となった女性にする人たちなら、悪い人たちじゃないのでは？という疑問が浮かんだ。

こんな嫁を連れてきて、と責められる可能性まで考えていただけに、拍子抜けする。

実際のところどうなるのか、緊張しながら藍斗さんに続いて彼の実家に足を踏み入れた。

「いらっしゃい、藍斗。急に結婚の報告だなんてどういうつもり？」

現れた彼の母親は、おとなしそうな人だった。

特段藍斗さんを嫌っているようには見えないし、彼が望まない結婚を強いる人にも思えない。

私に向ける眼差しも困惑や戸惑いはありこそすれ、強い敵対心などは感じなかった。

「その話は父さんのいる場所でまとめてする。バラバラに話しても二度手間になるだけだ」

「またそうやって。今日は尚美《なおみ》ちゃんも来てるのよ」

「どうしてあいつが来ているんだ?」

露骨に嫌な顔をしながら、藍斗さんは私に向かって「従妹だ」と説明した。

仮にも結婚の話が出ていた相手に対し、そんな顔をするなんてよほど嫌だったのだろうか。

藍斗さんが強い拒否感を示す理由にいまいち納得いかないまま、リビングへと案内される。

そこには白髪交じりの男性と、明るく髪を染めた女性がいた。

紹介されなくてもわかる。藍斗さんの父親と、従妹の尚美さんだろう。

尚美さんの年は私と同じか、少し上に見える。目尻が上がっているからか、少しきつい印象を受けた。彼女が私を不快そうにじっと見ているから、そんなふうに感じたのかもしれない。

「藍斗、結婚は尚美ちゃんとって話だったじゃないか。どうして勝手な真似をしたんだ?」

私の紹介を始める前に、義父が藍斗さんを詰める。

口を挟むのも違う気がして黙ることにしたものの、ひどく居心地が悪い。

「俺は結婚するなんてひと言も言っていない。勝手に三人で言っていただけだ」

「私たちだけじゃない。うちのお父さんとお母さんだって、藍斗にならせられるって言ってくれてたし、親戚のみんなだって祝福してくれてた」

尚美さんが私を軽く睨みながら言う。

一瞬、訝しげな顔をしたように思ったけれど、すぐにまた彼女は眉間に皺《しわ》を寄せた。

義父母よりも彼女のほうが私に言いたいことがありそうだ。

「そんなふうに勝手に俺の結婚を決められるのは困ると、何百回言ったと思っているんだ。俺には結婚したい人がいた。だから、本当は時間をかけて口説くつもりだったのに、急《せ》かす羽目になった」

そんな人がいるとは聞いていないけれど、おそらくは私の話をしている。

たしかにいきなり初対面の相手と結婚しました、なんて言ってもすぐに偽装結婚だと気づかれるから、ある程度脚色は必要だろう。

それならそれで事前に共有してくれればいいのにと思わないでもない。

「まったく興味がなさそうだが、一応紹介しておく。妻の円香だ。以前から交際していたが、このたび結婚した。以上」

それだけ言って、藍斗さんは私を振り返った。

「帰るぞ」

「えっ」

たしかに結婚報告だけをすると言っていたけれど、いくらなんでもこれはない。それだけのために一時間半もかけてくるのは、どう考えてもおかしいだろう。

「もう帰るの？　まだ全然お話をしていないのに」

「そうよ、藍斗。円香さんの言う通り」

意外にも義母が私の言葉を支持してくれる。やはり悪い人には見えない。

藍斗さんは私を軽く睨んで、『さっき、報告以上のことはなにもしないと言ったはずだ』と言いたげに眉根を寄せた。

私だってまさか、こんな一瞬で終わるとは思っていなかったのだから責められる筋合いはないと思う。

「円香さんとお付き合いしてるなんて、ひと言も言ってくれなかったじゃない。ほら、そこに座って。せっかくお茶を用意したのに」

「そうだぞ、藍斗。お前とは話さなければならないことが山ほどあるんだ。尚美ちゃんだってせっかく来てくれたんだから、もっとゆっくりしていきなさい」

「そうそう、なんだったら今日は泊まっていったら？　久し振りに帰ってきたんだから。ね？」

積極的に息子との時間を取ろうとしているのを見る限り、やっぱり悪い人たちには思えない——と違和感を覚えていた時だった。

藍斗さんが小さく息を吐いて、自身の両親を冷たい目で見る。

「どうせ金の話をしたいんだろう」

ぎくりとしたのは、私も同じだった。

あまりにも冷たい口調だったから、自分が言われたわけでもないのに心臓が縮み上がってしまった。

「そんな、別にそういうつもりは……。ねえ、お父さん」

「あ、ああ。まったく、親をなんだと思っているんだ……」

ふたりの反応を見て、おや、と思った。痛いところを突かれたかのように、どちらも目を泳がせている。

代わりに尚美さんが席を立ち、藍斗さんのもとに近づいてきた。

「そんな怖い言い方をしなくたっていいじゃない。それに、お金の話だって大事なことでしょ？　これからどうしていくのか、ちゃんと決めないと」

「それをどうしてお前が言うんだ。俺の家族でもないのに」

藍斗さんは尚美さんに対しても辛辣《しんらつ》だった。

私のほうがどきどきして、ますます居心地の悪さを覚える。

「親戚は家族に含まれるでしょ。それに」

尚美さんの視線が私に移った。そしてふっと鼻で笑われる。

「どうせわけありの結婚なんじゃないの？　だってあなたには愛してる人がいるんだから」

ただでさえ縮み上がっていた心臓が、そのひと言でぎゅっと締めつけられて嫌な痛みを訴えてきた。

藍斗さんが自分で言うなら、そういう嘘で誤魔化そうとしているのだろうと理解できる。

だけど彼女が言うのはまた話が別だった。

「それが円香だ」

「嘘。だって誰かと付き合ってたなんて聞いてない」

「言っていないんだから当たり前だろう」

「言わなくてもわかることってあるんだから」

意味深に言うと、尚美さんは私に向かってにっこりと笑った。

好意的な笑みではない。宣戦布告のための、攻撃的な笑顔だ。

「赤の他人がずかずか入り込んできていいと思ってるの？　自分が間女だって自覚ある？　藍斗だってどうかしてるわ。あなたみたいなぱっとしない女にプロポーズするなんて。仕事のしすぎでおかしくなったんじゃないの？」

驚いたことに、彼の両親はこの物言いを止めようとしなかった。

先ほどから感じていた妙な気持ち悪さがじわじわと背中を這《は》い上がってくる。

藍斗さんのことまで言われて黙っているのも癪《しゃく》だと思ってしまい、つい口を開いた。

「藍斗さんの仕事振りに問題がないのは、連日話題になっているプレザントリゾートの件からわかるはずです」

「だからそのせいでおかしくなってるんじゃないのって話」

「もしそうなんだとしたら、心配するところじゃないでしょうか。『こんな女と結婚してどうかしてる』じゃなく、『よっぽど疲れてるんだろうか』とか」

ふ、と隣で藍斗さんが笑ったのがわかった。

黙って聞いていないで、早く止めてほしい。

「藍斗さんから説明してください。今日はそのために来たんだと思ってたので」

明らかに敵対してくる相手と言い合いはしたくなくて、後は藍斗さんに丸投げする。舐《な》められたままでいるのは嫌だけど、かといって徹底的に言い負かして叩《たた》き潰すような真似はしたくない。彼女の立場からすると、たしかに私は結婚相手を奪った間女に見えるのも理解できてしまうし。

「悪かった。だが、説明はもう済ませたつもりでいる。いくら言ったところで聞く気がない相手に、何度も会話を試みる理由があるか？」

「それでも、話し合いが必要ならすべきだと思う」

うんうん、とうなずいているのは彼の両親だ。

よほど藍斗さんとお金の話をしたいらしい。

藍斗さんもそんなふたりの仕草を見たのか、尚美さんを軽く睨んでから黙らせ、義父母に目を向けた。

「仕送りの件なら今まで通り変わらない。それで問題ないはずだ」

「でもね、藍斗。あなたが結婚したら、お嫁さんと一緒に住むつもりでいたのよ。そのためには新しい家が必要じゃない？　見繕っておいたんだけど、その話は――」

「同居はしない。円香には俺の家に住んでもらう」

「そうは言ったって、あなたも忙しいでしょ。円香さんだってきっとひとりで家にいるようじゃ寂しいわ。それに仲良くなるなら一緒にいるのが一番よ」

どうやら義父母は同居を望んでいるようだ。

私のために、と義母は言っているけれど、どうも『同居のための新しい家』が目的のように思う。

「円香さんもそのほうがいいでしょ？」

こっちに話を振るのはやめてほしい、と思いつつ、藍斗さんの反応はたしかめずに答える。

「すみません。仕事があるのでこちらに住むわけにはいかないんです」

「仕事⁉　どうして？　藍斗と結婚したなら、お金の心配は必要ないじゃない」

当たり前のように、そしてなんの悪意もなくさらりと言ったのを聞き、背筋がぞわりとした。

義父もおとなしく聞いているし、きっと同じ考えなのだろう。彼らは自分の息子のことをなんだと思っているのだろうか。

「やっぱりこんなよくわからない人より、私にしたほうがいい。伯母《おば》さんたちの面倒だってそばで見られるし、どういう人間か知ってて不安もないでしょ？」

勝ち誇ったように言う尚美さんの言葉にはとげがあった。

遠回しに私を『どういう人間かわからない不安な相手』と言っているのだ。

挑発しているつもりなのかそうでないのかはわからないものの、激化しそうな気がして今度は黙っておく。

きっとさっきの件ではっきり敵だと認識されたのだろう。大人げなく反論してしまった自分を反省した。

「円香のことなら、お前よりも俺のほうがよく知っている」

この場だけの言葉だろうとわかっているのに、藍斗さんの反論を一瞬うれしいと思ってしまった。

だけどすぐ、胸を騒がせた自分を恥ずかしく思う。彼のしたことを忘れるわけにはいかない。この人は愛していると言いながら私を裏切ったのだ。

「知ってるって、どうせ大したことじゃないんでしょ」

「辛いものが好きで、酸味の強いものは食べられないとか、ピンク色が好きなのに子どもっぽいと思われたくなくて避けてしまうのを、大したことのない情報だというならそうなんだろう」

え、と驚いて藍斗さんを見上げてしまった。

たしかに私は辛いものが好きで、酸っぱいものが苦手だ。ポン酢の酸っぱさも顔をしかめる程度には。だから酸辣湯《サンラータン》を食べたいのに食べられない。

ピンクが好きなのも合っている。

彼が言う通り子どもっぽいと思われないため、同系色でもサーモンピンクやベージュに寄せた色にするなど、少しでも大人っぽい方向を選ぶようにしていた。

でも私は再会してから一度もそんな話をしていない。

それは、八年前になにげない会話で出たもので、私ですら彼が発言するまで自分がその話をしたことを忘れていた。

覚えていたのか、と信じられない気持ちでいる私にはかまわず、藍斗さんはさらに続ける。

「共感能力が高いから、うっかり映画を見ると情緒がおかしなことになる。他人も自分と同じくらい共感し合うものだと思っているから、つらいことや苦しいことを隠したがるのもあったな」

「……それ、褒めてないじゃない」

尚美さんがもっともな指摘をすると、藍斗さんはふっと鼻を鳴らして笑った。

「そういうところを放っておけなくてプロポーズしたんだ。思い切り泣きたい時は泣かせてやるし、うれしくてはしゃぎたい時も受け止めてやる。俺以外に円香に付き合える男はいない」

泣きたくないのに泣きそうだった。彼は八年前にも似たようなことを言って、『だから、俺以外の男には近づくな』と独占欲をにじませていたから。

あの時と同じ気持ちであるはずがないのに、ほんの一瞬だけ期待してしまった。

彼が望んでいるのは愛のない結婚。

今の言葉はかつて私と交際していた時に抱いた感情を、心の引き出しから取り出しただけだろう。

その時の気持ちを覚えていた、というだけで救われるような気はしたけれど、終わらせたのは彼であり、そして私だ。

「もういいだろう。結婚によってこれまでの生活が変わることはない。同居もしないし、仕送りも今までの金額のままだ。これ以上余計な話をするなら、考えを変えざるをえないが」

ぴしゃりと言ったのを聞き、義父が慌てた様子で立ち上がった。

「まあそう言うな。久し振りに顔を見られてよかった。本当はまだいろいろ話したいが、お前も忙しいんだろう。また円香さんと一緒にいつでも遊びに来てくれ」

「そうよ。同居の話もちょっと急かしすぎちゃったわね。そのうちゆっくり円香さんと話すから、そういう考え方もあるんだなってくらいで覚えておいて。きっと藍斗にとってもいい話よ」

尚美さんはまだ言い足りない様子だったけれど、義父母から無言で『もう喋らないでくれ』という視線を向けられて顔をしかめただけに留《とど》まった。

ほっとしたのも束の間、敵対を通り越して憎悪に満ちた目を向けられ、無意識に足を引く。

そんな私の腰を藍斗さんがさりげなく抱いた。

突然の感触にどきりとするも、そのまま廊下へ行くよう促される。

「帰るぞ、円香」

「……うん」

さっさと歩けという意思を腰に添えられた手から感じながら、義父母と尚美さんを振り返った。

なにかに期待するような、それでいて失望したような義父母の眼差し。そして私を絶対に許さないとでも言いたげな尚美さんの眼差し。

どちらも受け止めるには心が疲弊しそうで、振り返ったことを後悔した。

車に戻ると、藍斗さんはすぐに発進させた。

一刻も早くこの場を離れたいという思いを感じ、今はなぜ彼が実家に拒否反応を示すのか共感する。

「ひとまず結婚は認められたって思って平気そう？」

「ああ」

黙ったままの藍斗さんに話しかけると、返事が返ってくる。

あまり彼の身内を悪くは言いたくなくて口ごもった私に、藍斗さんのほうから話しかけてきた。

「両親が気にしているのは金のことだけだ。俺が結婚したらその女に金を使うようになるんじゃないか、自分たちが使える金が減るんじゃないか……そんな心配ばかりしている」

大げさだ、とは言えない。

たしかに義父母は彼のお金について心配しているように見えた。

だから藍斗さんは再三、仕送りを減らさないと言っていたのだろう。

「尚美と結婚させたがっていたのも、親戚連中と結託しているからだ。身内同士で繋《つな》がれば、それだけ俺の資産を自由にできると思っているんだろう。もちろん、尚美本人もおこぼれにあずかるつもりでいる。同居の件もやたらと乗り気だっただろう。今の家だって新しく建てたものなのに、ほかにも新しい家が欲しいらしい。奴《やつ》らの欲には際限がない。うんざりだ」

こんなふうに『集《たか》られる』のは初めてじゃないのだと、心底不快そうな口調が語る。

ここまで言わせるなんて、私が知らないだけで今までにもいろいろと嫌な思いをしたのだろう。

「せめて親としての役目を果たしたうえでのあの態度なら、もう少し考えてやったかもしれない」

「違うの？」

「俺を育ててくれたのは祖母だ。両親は俺の育児を面倒だと思っていたらしい。自分たちのことばかりで、ほぼネグレクトに近い状態だった。だというのに、仕事で成功した途端あれだ」

「それは……嫌になるのも仕方がないね」

私は彼が、自分が必要だと判断した時にお金を惜しまないタイプの人間だと知っている。

今回の結婚だってそうだ。彼はあっさり大金を差し出して目的を果たそうとした。

八年前だって、付き合っている間はなにかとプレゼントをしてくれたり、大学生の私には目もくらむような価格帯の店に連れていってくれたり、こっちが困るくらい尽くし癖があった。

だからそんな彼が忌避感を示す〝家族〟に対して私も否定的になる。

最初にいい人じゃないかと思っていたのは間違いだろう。藍斗さんに対して悪意があってやっているわけではないだろうが、それが余計に悪質だ。

無自覚にひとりの人間を財布として見ているのだから恐ろしい。しかも彼らはその〝財布〟を自由に使うために、強引な結婚を進めようとしていたのだ。

「あまりあなたの身内を悪く言いたくなかったけど、たしかに私も下手に口を出さないほうがよさそうだったね。同居の件ももしこっちに話が来たら、曖昧《あいまい》に流すようにしておく」

「そうしてくれ。万が一お前の連絡先を知られたら、すぐ対処する。……家を引っ越したのも奴らのせいだ」

「そうなの?」

「教えればどうなるかわかりきっていたから言わなかった。それなのに、どうやって調べたんだか」

三十階建てのマンションを見て、ここに住みたいとせがんでいたのだろうか。

それとも、自分たちもこんな家が欲しいとねだっていたのだろうか。

顔合わせをする前は想像できなかったのに、今は容易にわかってしまう。

「どうしてわざわざこんな時間をかけて会わせたのかわかっただろう。説明するだけじゃ足りないと思ったからだ。お前の場合、『そこまで言うなら、本当にお金が必要なんじゃない？』なんて言い出しかねないしな」

「……ごめん、私なら本当に言いそう」

藍斗さんが言っていた通り、私は他人に共感しがちだと思っている。

そのせいなのか、周囲が『あれはマズイ』というような相手であっても、話を聞くだけではそちらの言い分にも理由があるように考えてしまうのだ。

実際に話を聞くほうがおかしな言い分に共感してしまうのではないかと自分でも思うけれど、そこを判断する思考力はあるらしい。

なぜそんなにも嫌う相手と、わざわざ直接顔合わせをすると決めたのか、やっと理由がわかった。

「私のせいで余計に面倒をかけてごめんなさい」

「気にするな。本当に結婚した相手がいるんだと見せたほうが、あいつらには効果的だっただろう。現に尚美はお前が気に入らないようだった」

「途中で笑ってたでしょ」

「悪かった。言い返すと思わなくてな」

ちら、と運転席の藍斗さんを見ると、口もとが緩んでいる。

「円香はおとなしそうな割に、ここぞという時になるとこっちが止める間もなく爆発するから目を離せない。昔もそうだった。危なっかしい相手でも、間違っていると判断したら遠慮なく口を出していただろう」

爆発、なんてずいぶんな言い方だ。

過去を匂わされてどきりとするも、深い意味はないのだと自分に言い聞かせた。

「そこまで言うほど爆発したことはないはずだけど……」

「高校の頃、親友を裏切った男の悪行をクラス中の人間の前で暴露したと言っていなかったか？　しかも修学旅行の直前に」

「あー……」

それは身に覚えがある。

複数人との浮気だけでなく、ほかの女子に断られたプレゼントを優陽に流すような最低な男を許せず、私の親友になんて真似をしてくれたのだとみんなの前で詰め寄ったのだ。

その際、あれも許せない、これも許せないとあの男のしたことをすべて言ったせいで、なにもかも暴露した形になってしまった。

「……そんなことまで覚えてるの？　何度も話したわけじゃないのに」

平気な顔で浮気の話をすることもショックだった。自分のしたことを忘れてしまったのだろうか？　ひどくもやもやした。

ここで突っ込んでしまおうかと思うも、それでは彼の言った通り『爆発する』ことを認めるような気がして顔をしかめる。

ここは話題を逸らそうと思った。

「さっき私について話したでしょ。辛いものが好きとか、酸っぱいものが嫌いとか。あれもよく覚えてたね」

「一度聞けば大抵頭に入るだろう。取引先の顔と名前を一致させるのと変わらない」

それもそうかと納得し、藍斗さんから助手席の窓に視線を移した。

なんでもないことのように言うけれど、彼はきちんと努力をして情報を頭に叩き込むのを知っている。

取引先の顔と名前を一致させるのだって、百人単位との懇親会があるから顔と名前だけでなく、所属する会社や役職、懇親会の参加者に配られたシートに記載された趣味や好物まで、事前に苦戦しながら頭に入れていた。私にクイズを出してほしいと言い、付き合ってふたりで全部記憶したから覚えている。

彼がそういう表に出ない努力をしていると知っているから、横からその成果をかすめ取ろうとする義父母と尚美さんに嫌悪感が湧《わ》くのかもしれない。

それは藍斗さんのものであってあなたたちのものではないのだと、もしまた会う機会があったら言ってしまいそうだ。

「明日は心配しなくても大丈夫だから。うちの両親は、むしろ私が結婚できてよかったと思ってるみたいだし」

「心配されるような生活をしていたのか？」

「そこまで言われるほどの生活はしてないけど、あなたと別れた後に誰とも付き合ってなかったから――」

言いかけて、わざわざこんな話をする必要もないだろうと口をつぐむ。

思った通り、藍斗さんはぎゅっとハンドルを握りしめただけでなにも聞いてこなかった。

翌日、今度は私の実家へ向かうことになった。

また藍斗さんに車を運転してもらい、都内にある閑静《かんせい》な住宅地に降り立つ。

義実家より近いとはいえ、結局自宅からは一時間ほどかかってしまった。

「結婚報告をするにあたって、気をつけなければならないことは？」

「いつも通りで大丈夫。……あなたのことを知っているから」

藍斗さんと付き合っていた時の話は両親にしているし、そもそも彼は有名人だから、そういう意味でも知られている。こうして直接顔を合わせるのは初めてだけれど。

懐かしい実家の玄関を開けると、慌てたように母がやってきた。

そして藍斗さんを見上げて目を丸くする。

「初めまして、円香の母です……」

うわごとのようにぼんやりとした顔のまま言った母を、軽く小突いた。

「どうしたの。もっとはしゃぐかと思ったのに」

「だってこんなかっこいい旦那さんを連れてくるなんて聞いてない。……ニュースや雑誌で見るよりもずっとかっこいいね」

余計なひと言を付け加えられる。悔しいけれど、それは同意見だ。

「こんな素敵な人だって知ってたら、もっと気合いを入れてお化粧しておくんだった」

「そういうのはいいから。ほら、リビングに行こ」

藍斗さんをちらっと振り返り、軽く頭を下げておく。

彼はおろおろする母を見ても気にしなかったようで、苦笑しながら靴を脱いだ。

リビングへ向かった後、完全に混乱している母を落ち着かせてから、なぜか私が人数分のお茶を用意した。

今日はお客さんのつもりだったのに、予想外の展開だ。

「改めて。大学時代に付き合ってた藍斗さんっていうのがこの人。偶然再会して、結婚することになりました」

両親に向かって説明し、藍斗さんを見る。

「筑波藍斗です。本来は先に結婚のお許しをいただくところを、順番が前後してしまい申し訳ありません」

「お互いにまた会えたのがうれしくなって、ついいろいろすっ飛ばしちゃったの。ごめんね」

あくまで再会を喜んだ元恋人同士が意気投合し、もう一度やり直したのだというスタンスでいく。

これなら両親は、いい年をしてなにをしているんだと呆《あき》れることはあっても、そんな結婚で大丈夫かと心配することにはならないはずだ。

案の定、父は苦笑している。母はまだ藍斗さんを見つめてぼうっとしていた。

目を離せなくなる気持ちはよくわかるから、なにも言えない。

「先に言ってほしかったのはあるけど、まあ、結婚は当人同士のことだしな。ちゃんと幸せになれるって円香が判断したなら……」

父はそう言ってから、心配そうに藍斗さんのほうを窺《うかが》った。

「円香から我が家の借金の件は聞いていますか？」

そういえば借金の話は藍斗さんにしていないのだった。変に気遣われるのが嫌で、自分のために使う金だと見栄を張った。

「お父さん、待って――」

「借金？」

咄嗟に止めようとするも、もう遅い。

藍斗さんは訝しげな顔をしてから、すぐに納得した様子でうなずく。

「ええ、その話でしたら結婚前に聞きました。大変だとは思いますが、私のほうで協力できることがあればいつでも言ってください」

「ありがとうございます。本当にお恥ずかしい話で……」

どうしよう、藍斗さんの目が笑っていない。

うまく話を合わせてくれはしたけれど、後で問い詰められるのは間違いなかった。

案の定、藍斗さんは帰り道の途中で私と話す時間を取った。

実家から充分離れた場所で、わざわざ会話に集中できるよう車を止めて、だ。

「……どうして言ってくれなかった」

もっときつく問い詰められるかと思ったのに、呻《うめ》くように言った声は悔やんでいるように聞こえた。話さなかった私に非があるのに、知らなかった自分のほうが悪い、とでもいうような。

「ごめんなさい。でも話す必要はないと思ったの」

「実家に借金があるなら、普通は結婚前に話すものだろう。さっきご両親の前で言ったように、ふたりで擦り合わせる話だからな」

ぐうの音も出ないほどの正論だ。

だけど問題は、この結婚がはたして〝普通〟のものなのかという点だった。

どう言えばいいかわからずうつむいていると、再び藍斗さんが尋ねてくる。

「二千万というのは、借金の総額か？」

「……ううん。正確には三千万。そのうち私の貯金から五百万は返せるから、両親にもちょっと頑張ってもらってもう五百万。残りは副業で少しずつ返すつもりだった」

「そんなに割のいい副業があるか。何十年働くつもりだったんだ」

「あなたは経営者だから知らないかもしれないけど、結構いろいろあるんだよ。きれいなドレスを着てお客さんと喋るだけの仕事とか」

それがどういう仕事かはわかっているけれど、なにも知らないとは思われたくなくてムキになる。

だいたい、私が何十年どこでどう働こうと藍斗さんには関係ないはずだ。

てっきり、『たしかにそういう手段もあるが』という話になるかと思ったのに、なぜか藍斗さんは黙ってしまった。

信じられないものを見る目で私を見つめ、すぐ眉間に皺を寄せる。

「自分がなにを言っているかわかっているのか？　本気でただ喋るだけの仕事だと思っているんじゃないだろうな」

「そんなの当たり前でしょ。私だって子どもじゃないの」

藍斗さんは私を見つめたまま苛立たしげにため息をつくと、なにも言わずに車を発進させた。

借金を気にかけてくれた相手に、こんな子どもじみた反発なんてすべきではなかったかもしれない。

過去にどんな因縁があり、今どんな条件で一緒にいるとしても、藍斗さんは私を助けてくれた人なのだから。

反省すると同時に、苦い思いが込み上げてきた。

借金のためとはいえ、水商売で金を稼ごうとしていたと思われてしまった。実際にそういう仕事をするつもりはなかったと、今さら言える空気ではない。

切ないな、と思った。

恋愛禁止の関係なのだから、むしろ嫌われるくらいのほうが円満にいくはずなのに、私はそれを恐れている。

八年前だって、彼は私以外に好きな人がいた。もしかしたら尚美さんが言っていた人かもしれない。

いつだって好きなのは私だけで、藍斗さんは同じ気持ちを返してくれないのに、惨めにすがりつこうとする自分が嫌だった。

遅い時間に出たのもあって、帰宅する頃にはすっかり陽が暮れていた。

ここでの食事は各自別々だし、適当にパンでも食べてさっさと寝てしまおうかと思っていたけれど。

「さっきからどうしてずっと黙ってるの?」

会話を拒むように黙ったままの藍斗さんが気になって、つい尋ねてしまう。別に彼が私にどう思っていようが、機嫌を損ねていようが関係ないはずなのに。

「……特に話す必要がないだけだ」

「その割には、なにか言いたげに見えるけど……」

たとえ愛し合う夫婦でなくても、共同生活を送る以上わかりやすくそんな態度を取られると気まずい。

「言いたいことがあるならちゃんと——」

「言ってどうにかなるものなら言っている」

その言葉の直後、藍斗さんの指が私の唇に触れた。黙らせようとしたというよりは、私に言いたいなにかを指先に込めて触れてきたように感じる。

驚いて口をつぐんだ私を、藍斗さんは睨むように見つめた。冷たくて、どこか悲しい目だと思った。

長い指が唇をなぞってすぐに離れていく。そんな一瞬の行為を永遠のように感じた。

どうしてそんな目で私を見るの。なぜ、私の唇に触れたの。聞きたい言葉を口にするには、この空気は重すぎる。

彼が私になにを望んでいるのかわからない。ただのお飾り妻でいいんじゃなかったのかと、また疑問が浮かんでは消えていった。

悲しそうな瞳に捉えられて胸が騒いだなんて、思いたくない。

「今日はもう寝ろ。俺も疲れた」

話は終わっていないのに、一方的に打ち切られる。その場に私を残して去った藍斗さんの背中を、もやもやした気持ちで見送った。

◇◇◇

もう寝ろ、と言ったのは俺のほうなのに、とても寝つけそうにない。今日の円香とのやり取りがずっと頭から離れないせいだ。

八年経って、彼女も両親と同じように俺の金を目当てにするようになったのかという失望。それが彼女の実家に行って間違いだったと知った喜び。

彼女は俺を単なる金の生る木だと思ったわけではなかった。両親のためにほかに手段がないから、あんな要求をしたのだ。金を欲しがっているという点では俺の両親と変わらないが、自分のためなのか、誰かのためなのかという理由が違うだけでこんなにも印象が異なる。

そう、彼女は金が必要なのだ。俺との結婚を引き受けるくらいに。

だから——借金を返すために、男に身体を売っていた。

それを知った時のことを思い出すと、胃に石でも詰め込まれたかのような重い不快感を覚える。きっとこの感情を絶望と言うのだろう。

一気にいろんな感情に支配された結果、ただ強く許せないという気持ちだけが残った。俺と別れて以来、誰とも付き合っていないと言ったのを聞いて、ゆがんだ喜びを覚えたのが始まりだったただろうか。

彼女が知る男は俺だけなのだと、安堵《あんど》と同時に震えるほどうれしくなった。あの甘い声も、蕩《とろ》けた顔も、必死にすがる腕のぬくもりも、快感に咽《むせ》ぶ涙の一滴に至るまで、すべて俺だけのものだと思ったのに。それが誤りかもしれないと知った瞬間、激しい暗い感情が芽生えて止まらなくなった。

同じベッドにいながら距離を空けて眠る円香の顔を覗き込む。薄い寝間着から覗く白い首筋に、無性に痕《あと》をつけてやりたくなった。

こんなつもりではなかった。思いがけず再会し、結婚に持ち込めたからには、過去を清算してもう一度最初から始めるつもりだったのに。

だから昔の関係を期待するなと言ったのだ。俺は八年前と同じように円香を見ることができない。

八年間ずっと、彼女を心から消し去れなかったせいで、あの頃のもっとまっすぐ純粋だった想いはゆがんでしまった。

もともと独占欲が強い自覚はあった。それが今は、彼女を誰の目にも晒さず、俺しか感じられない場所に閉じ込めて繋いでおきたいと思っている。

もう俺にはどろどろと煮詰まった愛しか与えられない。こんなものはただの執着心だとわかっていたから、過去の自分を期待しないでほしかった。

それを『もう好きになるなという意味か』と尋ねられ、虚を突かれたのはたしかだ。すぐに、好きにならずにいることも可能だという意味に気づき、堪《たま》らなくなって強がってしまった。自分の考えが間違いだったと、俺を愛さずにいるのは不可能だとわからせたくて、あえて『好きになるな』と告げた。

小さい男だ、と思い返しては何度自分に呆れたかわからない。

それでも一度言ったせいで引けなくなり、わざと円香の部屋にベッドを用意しないで俺を意識させようとした。

今日に至るまで望んだ結果は得られていないが、これも時間をかけて彼女の心をほどいていけばいつかきっと、と思っていたのに、なにひとつ俺の思い通りになっていない。

俺のこの強い感情をぶつけたら、きっと離れていってしまうだろうと思ったから、必死に自分の気持ちを押し殺して接してきた。それが逆に距離を感じさせる対応になってしまい、余計に焦った。かつての俺はどんなふうに彼女を愛していたのか思い出せない。

なにをやっているんだ、俺は。

こんなに自分の感情を抑えられない人間だっただろうか。いや、違う。仕事でなにかがあった時も、いつだって冷静に対処できた。中学時代からの親友、志信と価値観の違いでぶつかった時でさえ、淡々と自分の考えを伝えられた。

円香だけが俺をこんなに狂わせる。そばにいるだけで俺の心臓がどんなに激しく脈打つのか、自分で胸を引き裂いて見せてやりたいくらいだ。

「……っ、ふ」

その時、円香が小さな声をあげた。

ふるりと身体を震わせ、自分を守るように縮こまってしゃくりあげている。

円香、と呼んで彼女の背を撫でようとした。でも、俺が触れてはいけない気がして手を引っ込める。

そうしている間に、円香はすんと鼻を鳴らして泣き始めた。

怖い夢を見ているのかもしれない。八年前も、ホラー映画を見た後に寝た彼女が悪夢を見て泣いていたのを思い出す。

円香を夢の中でも泣かせているのは、きっと俺だ。

すんすん、と円香がすすり泣く音が響く。堪らなくなって抱き寄せ、その背中をあやすように撫でてやった。円香は俺の胸に顔を擦りつけてくると、しばらくすすり泣いてから徐々に静かになっていった。

落ち着いた後も背中を撫で、包み込むように抱きしめたままじっと動かずに待つ。

明日の朝、円香が目覚めるまでこうしていたらまた泣かせてしまうだろうか。

本当はずっと、こうやって抱きしめて眠りたかった。かつてそうしたように、俺の腕の中で甘える彼女の寝顔を見て眠りたかったのに。

やはり、もう一度やり直したいと思うなんて間違っていたのだろうか。こんなゆがんだ執着心の塊になった男に求められても怖いだけだろう。

それになにより、円香は俺に愛想を尽かして別れを告げたのだ。

『あなたが一番よくわかってるはずだよ』

結局、俺のなにが不満で離れていったのか今もわからないままでいる。

あの家族が原因だろうかと思いはしたが、彼女に嫌われたくないがためにずっと秘密にしていたから違うだろう。俺のそばにいないことが幸せなら、願いを叶えるべきだと別れを受け入れたが、あれは本当に正しい選択だっただろうか。

あの時なにかがひとつ違えば、こんなふうにこじれていなかったかもしれない。

円香が俺の胸に顔を押しつけて、ほうっと息を吐いた。その甘い吐息もすべてすくい取りたい気持ちになる。

俺が円香に抱く感情は、重くて苦しい。彼女にどんなに傷つけられようと焦がれるのをやめられない。求めているなどというかわいらしいものではなく、渇望していると言っていいほど激しく欲している。

俺はただ、また彼女にそばで笑ってほしいだけだ。なのに泣かせてしまった。

ゆっくり息を吐き、円香が起きないようにそっと離れる。それを嫌がったのか、円香は首をゆるゆると左右に振って俺の服を掴んだ。

愛《いと》おしくて、どうにかなってしまいそうだ。

服に絡む指を外し、もう一度抱きしめてキスしたい気持ちを必死に抑え込んで今度こそ彼女と距離を取る。

今も俺になにかを望んでくれるなら、どんな願いだとしても叶えてやりたい。円香になら、俺はたとえ命を要求されても差し出せるだろうから。

白すぎる結婚生活

あの日以来、藍斗さんは私と距離を取るようになった。言いたいことがあるらしいのに言ってくれないのは、そしてそれを察してしまえるほどわかりやすく表情に出されるのは、正直に言うと困る。

そういうわけで、彼が切り換えないなら私が切り換えることにした。

そっちが気まずくなっているなら、むしろご自由に。

そんな気持ちで過ごしていたある日のこと。外出から帰ると、藍斗さんがリビングのソファで仰向けになって眠っていた。

ええと、これはどうしよう。

休日なのに仕事に出ていったのは知っている。今は夕方だから、あまり遅くならずに用事を済ませて帰ってきたのだろう。そこで私が家にいないと知って気が緩んだのかもしれない。最近は張り詰めた夫婦生活を送っていたのだし。そうして少し休もうとソファに身を横たえ、そのまま眠ってしまったんじゃないだろうか。

そこまでいろいろと考えてみたけれど、真実は彼にしかわからない。

さて、どうしよう。改めて考えて、目を閉じた藍斗さんを見つめる。

再会してからゆっくり寝顔を見たのはこれが初めてかもしれないと、顔のそばにしゃがんで覗き込んだ。

同じベッドで寝ていても、彼は私より後に寝て先に起きることが多い。八年前はもう少し隙《すき》があったように思うから、やはり私との関係や私への気持ちが変わったということなのだろう。仕事の関係ももちろんあるだろうけれど。

相変わらず整った顔立ちだ。すらりと通った鼻筋に長いまつげ。きめ細やかな肌には正直嫉妬を感じる。唇だって思わずどきりとするほど形がいい。普段は真横に引き結んでいて少し怖い印象もあるけれど、これが口角を引き上げて緩んだ時、どれだけ甘い笑みに変わるか私は知っている。

しかもこの唇はやわらかいのだ。しっとりと艶を含んだそれが私の唇や、手や、首筋に触れると、頭の奥まで痺《しび》れそうなくすぐったさと刺激に襲われる。

やっぱりこの人の顔はどうしようもなく好みだな、となかなか俗っぽいことを思ってしまった。信用できないし、愛のない結婚なんて提案してくる人ではあるけれど。

八年前との違いといえば、あの頃よりもっと大人びて見えるところだろうか。もっとも、あの頃だって彼は充分大人だったのだけれど。

少し疲れたように見えるのが心配だ。こんな場所でうたた寝するくらいだし、きっと疲れているに違いない。

このまま寝かせておいてあげたほうがいいだろう。せめて毛布くらいは持ってくるべきかと立ち上がりかけたその時、いきなり伸びてきた腕が私を捕らえた。

あっと声をあげる間もなく引き寄せられ、抱き枕のように彼の腕に収まってしまう。

さっきまでは一応節度ある距離だったのに、今はあまりにも近い。

規則正しく動く藍斗さんの心臓の音が、私の全身に伝わって響いていた。眠ることで少し高くなった体温も、服越しにじんわりと私を包み込んでいく。

悪いことに、藍斗さんは私の背中をしっかり抱きしめていた。これではすぐ抜け出せそうにない。

さすがにこれは、今の私たちの関係にはふさわしくない気がする。

意識し始めた瞬間、私の心臓までどくどくとうるさく音を立て始めた。

どうしよう、起こしたほうがいい？　だけどソファで眠ってしまうくらい疲れているなら、このまま起こさないほうが親切だろうか？

いや、そういうことならなおさら起こして、ベッドで眠るよう言ってあげたほうが親切な気がする。

身動きもまともに取れないまま考えた結果、いやいやちゃんと割り切るべきだと自分を落ち着かせ、藍斗さんの腕を抜け出そうとした。

「藍斗さん、起きて。寝るならベッドのほうがいい――」

「お前はすぐ俺の抱き枕になりにくるな」

私の言葉を遮った藍斗さんが顔を寄せてきた。

「そんなに俺と寝たいなら、このままいい子にしていろ」

目を閉じたまま寝ぼけた声色で言うと、藍斗さんは私をぎゅう、と抱きしめた。

さっきまでよりも強く、絶対に離してやらないぞと甘い意味が込められているのを感じる。

なぜそれがわかるのかというと、八年前にもこの人はそうやって私を抱きしめたからだ。まだそれを覚えているなんて。胸が騒ぐ自分を叱咤《しった》し、今はもうこの人にときめかないのだと意識を強く保とうとした。

彼に触れられるとすぐ気持ちがあの頃に引きずられる。この人のことなんて好きじゃない。藍斗さんは私を裏切った人で、今は恋愛感情なんてなくて、好きになるなと冷たく言った人で……。

「お、起きて」

「円香」

藍斗さんは緩みきった声で愛おしげに私の名前を呼んだ。

「ここにいろ」

こんな幸せなひと時は、たしかに八年前にあったものだ。そして今は二度と手に入らないものでもある。

「どうして……」

言いかけた言葉の先が途切れ、堪らなくなって藍斗さんの胸に顔を埋める。

割り切らせて。あなたを好きだなんて思わせないで。ほかの女性がいると知ったから、離れるしかなかったのに。

彼のぬくもりのせいで速くなった鼓動は、しばらく落ち着きそうになかった。


ふと目を覚ましてから、さあっと全身の血の気が引いた。

どうやら私は藍斗さんに抱き枕にされたまま、一緒に眠ってしまっていたらしい。

割り切るんじゃなかったの、と自分に呆れながら、幸いまだ眠っている藍斗さんの腕の中をなんとか抜け出した。

危なかった。顔を擦り寄せて眠っているところなんて、彼に見られたらなんと言われるかわからない。

……私もあなたも、昔の夢を見ただけだよね。

なくなった抱き枕を探しているのか、藍斗さんの手がもぞもぞと動いている。うっかり緩んだ頬を引きしめようと顔に触ると、そこはやけに熱くなっていた。

愛のない結婚を、元恋人とするのは難しい。それを今さら理解するなんてちょっと遅いんじゃないだろうかと、また自分に呆れた。

「藍斗さん」

平静を装って肩を揺さぶると、藍斗さんの眉間に皺が寄った。さっきは全然起きなかったくせに、今度はすぐ目を開けてくれる。

「ん……寝ていたのか」

今度は寝ぼけていないようだとほっとし、起き上がった彼の隣に腰を下ろした。

「こんなところで寝るなんて、よっぽど疲れてるんだね。今日も仕事だったみたいだし、大丈夫？」

「ああ、今はいろいろと詰まっているだけで――」

当たり前のように返してから、はっとした様子で藍斗さんが私を見た。

「悪い」

「どうして謝るの？」

「いや……」

煮え切らない態度に焦《じ》れ、ほんの少し身を引いた藍斗さんのほうへ近づく。

「これは愛のない結婚だってあなたが言ったんだよ。だからなにも気遣わなくていい」

「……お前は割り切れるのか？」

割り切ってみせると、声には出さず答える。

「お金のためなんだからどうとでもします」

きっちり線引きするように言い、まだためらっているらしい藍斗さんの手を取って握った。驚く気配を感じたけれど、気にしない。

「はい、仲直り」

「お前は……なんというか、難しいな」

「難しい？　強いとか、たくましいじゃなくて？」

「別に強くもたくましくもないだろう。無理をしているのに」

藍斗さんの手が私の手を包み込む。たったそれだけの行為にまた胸が騒いだ。

「無理って……」

「表情がこわばっている。気を使っているのはお前のほうだろう」

さっきの件もあり、意識しているだけだとは言えなかった。

気のせいだと伝えるために笑みを作ってみたけれど、たぶんぎこちなくなっている。すぐにわかるほど露骨な表情を浮かべたつもりはなかったのに、どうしてわかったのだろう。なにもかも見透かされているというよりは、彼が私を理解しているからだというように感じて妙な気分になる。

「なにも思わないって言ったら嘘になるけど、割り切りたいと思ってるのは本当。愛し合う夫婦にはならなくても、普通にお喋りをする程度の夫婦にはなれない？」

「俺と話したいのか？　むしろ嫌なのかと」

そう言いながらも、藍斗さんは私の手を放さなかった。

私たちの間には縮まらない距離があるし、一度失った信用が回復することもないけれど、どういう人なのかわかっているからこそ作れる関係もあるはずだった。

また好きにならないように、友人よりは少しだけ親しいその距離感の関係に落ち着けばいい。そうすれば私はまた悲しい思いをせずに済む。

いつかこの結婚が終わる二度目の別れの時も、軽い気持ちで迎えられるだろう。

「とりあえず、普通にして。きっとこんなところで寝たのも、気を張り続けてたからだよ」

「そうかもしれない。……久し振りに夢まで見た」

「どんな夢？」

聞かなければいいのに、うっかり聞いてしまう。藍斗さんは思い出すように遠い目をすると、とても幸せそうに——そして切なそうに微笑んだ。

「ずっと焦がれていた願いが叶った夢だ」

＊　＊　＊

そうして一週間が過ぎ、二週間が過ぎた。

藍斗さんは前ほど私を避けなくなり、他愛ない話を振ってくるようになった。今日はどんなふうに過ごしたのか、日々の生活でなにか不便なことはないかと、控えめに。

きっとまだ彼は私に言いたいことをたくさん残している。だけどそれは私も同じだったから、もう呑み込むことにした。やっと落ち着いたこの関係を壊したくなかったから。

「円香」

お風呂上がりにぼんやりしていると、不意に声をかけられた。振り返ると、藍斗さんがなぜかドライヤーを手に近づいてくる。どうしたのだろうと思った時、首筋に冷たいしずくが伝うのを感じた。

「こんなところでうたた寝するな。せめて髪を乾かしてからにしろ。風邪を引く」

「ごめん、ありがとう」

心配してくれたことに対して純粋に感謝を伝え、藍斗さんからドライヤーを受け取ろうと手を伸ばした。だけど彼は私にそれを渡そうとしない。ソファに座ったかと思うと、軽く脚を開いて私に視線を向けてきた。

「来い。乾かしてやる」

「えっ、いいよ。自分で……」

「来い」

有無を言わせず、また呼ばれる。そんなに来てほしいなら命令口調をやめればいいのに、そういうところが彼らしくてちょっと微笑ましいと思う自分が悔しい。

八年前の自分の感情に、今の気持ちをどうしようもなく引きずられる。自分の気持ちがままならないことが、怖い。

「……わかった」

断ろうと思えば、きっとできたはずだ。だけど私はそうしなかった。

これが彼なりの踏み込み方なのかもしれないと思ったから、彼がそうするなら私も応えるべきなんじゃないか、なんて……きっとどうかしている。

おとなしく藍斗さんの脚の間に座り、濡れた髪をまとめていたヘアクリップを取る。肩に巻いていたはずのタオルは、うとうとしている間にズレていたようだった。

藍斗さんがタオルを手に取り、私の髪を優しく拭う。くしゃくしゃと微かな音がするだけで、私も彼もなにも言わない。

不思議な時間だな、と思った。恋人だった時よりも、愛のない今のほうがずっと穏やかだ。それでいて、落ち着かない。信じていない人だというのに、私は無防備に背中を許している。その矛盾に戸惑った。

やがて藍斗さんは無言のままドライヤーをつけた。ごおっと風の音がしたことに安堵の息をつく。これなら喋らずにいても気まずくないと思ったからだ。

だけど、話さないからこそほかにやれることがなくて、藍斗さんの手や指を意識する。髪が引っ掛からないよう、丁寧に指で梳いてくれているのがわかった。乾き残しがないようにと、耳の後ろやうなじまでしっかりドライヤーの温風を当ててくれている。

ときどき、彼の指が耳やうなじに触れた。ただ髪を乾かされているだけなのに、いちいち胸を騒がせてしまう自分が憎い。

どうしてこんなに意識しているのだろう。きっと彼はいつものように冷めた表情で淡々とやっているだけだろうに。

……本当に？　他人の髪を乾かすなんていう行為を、なんの感情も抱かずするものだろうか？

これは藍斗さんにとって親密な行為？　それとも契約妻が風邪を引かないために面倒を見ているだけ？

気になって、ドライヤーの音が止まったのと同時に振り返る。

「藍斗さ――」

「前を向いていろ。まだ終わっていない」

乾かし終えたのに？と尋ねようとした瞬間、ふわりと甘い香りを感じた。私が普段使っているヘアオイルの香りだ。わざわざ洗面所に置いてある私の私物を持ってきたらしい。

「そこまでしてくれなくても大丈夫だよ」

「俺がやりたいからやっているんだ。大人しくしていろ」

彼に止められて前を向いたことを後悔した。やりたいからやっているだなんて、どんな顔をして言ったのか見たくて仕方がない。

「……ありがとう」

少しうつむいてお礼を言うも、藍斗さんは返事をしなかった。髪を乾かしていた時と同様に、指で丁寧に私の髪を梳き、ヘアオイルを塗っている。

私だったら手早く五秒もかけずに終わらせるところを、彼は時間をかけてやっていた。普段の私が雑すぎるのかもしれないけれど、あまりにも長い気がする。それなのに止めたくない。もう少しだけでいいから、このまま触れられていたいと思ってしまった。

やがて藍斗さんは私を解放すると、湿ったタオルで手を拭った。

「これでいい」

なにやら満足げな藍斗さんに、不覚にもきゅんとしてしまった。

「いい香りだ」

ぽつりとつぶやくように言った藍斗さんが私の髪の毛先をつまむ。そして、香りをたしかめるように顔を寄せた。

形のいい唇が毛先に触れる。それがわざとなのか、それとも偶然だったのか、私には判断がつかなかった。ただ、唇が触れた毛先がくすぐったい気がする。そんなところに触覚がないのはわかっているのに。

「気に入ってるの」

それだけ言うのが精いっぱいで、少しずつ速くなる鼓動をごまかそうとする。

「そうか。俺も気に入った」

ふ、と藍斗さんが微笑んだのを見て、一気に全身の熱が高まる。

その笑みも、眼差しもよく知っている。私を愛していると言っていた頃の彼が見せてくれたものだから。

「あ……ありがとう」

言ってから、何度同じ言葉を繰り返すんだと自分にあきれる。どうか彼が気づいていませんように。

こんなささやかなひと時に動揺させられているなんて知られたくない。

「それじゃあ私……もう寝るね」

「ああ」

どうせ寝室は同じだけど、彼がベッドに潜り込む前に眠ってしまいたくてその場を逃げ出す。

足早に寝室へ来てドアを閉めると、やっと息ができたような気がした。まっすぐベッドに向かい、どさりと倒れ込む。

「……どうかしてる」

寝室が静かだからこそ、自分の抑えきれなかった独り言と鼓動の音がやけに大きく響く。毛布にくるまって身体を丸く縮こまらせ、目を閉じた。

好きになんて、ならない。

自分に言い聞かせるように心の中でつぶやいた時点で、既に感情を思い通りにできていないのを痛感した。


そんなもどかしい生活を続けていたある日のこと、取引先から飲み会に誘われた。

「いいお店を見つけたんですよ。いつもお世話になっているお礼に、今夜どうです？」

にこにこと人のいい笑みを浮かべて言う三十代半ばの女性は、自他ともに認めるお酒好きらしい。私が仕事以外の雑談でお酒の話に付き合ったからか、いける口だと判断したようだった。

別に苦手なわけではないけれど、好んでお酒を飲む人に比べたら弱いほうだ。

そうは思うものの、ここで断るのは営業職のすることではない。

「いいですね。ぜひご一緒させてください」

「うちからも何人か連れていきますよ。三堂さんもお連れがいたら遠慮なく」

「じゃあ、営業の子に声をかけてみます」

取引先の顔を繋ぐいい場になりそうだと判断し、先方の言葉に甘えて連れていくメンバーを脳内でピックアップする。

どこでどう仕事に繋がるかわからないから、基本的に相手の言うことは断らない。これを教えてくれたのは藍斗さんだ。付き合っている時にはもう社長だった彼が、営業の心得を教えてくれたのだ。

その藍斗さんに飲み会の件を説明するかどうか思案する。どうせすれ違い生活の最中だし、私がどこでなにをしていようと、彼に迷惑がかからないなら問題ないはずだ。

なにより、彼に連絡するのが少し怖い。

以前より良好な関係を築けているとはいえ、契約関係であることは変わらない。もしもいちいち連絡してこなくていい、と言われたらきっと立ち直れないだろう。いっそ『飲み会なんか行くな』と言ってほしいけれど、絶対にありえないから期待するだけ無駄だ。

結局のところ、私は今のかかわりのない関係がだらだら続いていることに安堵しているらしい。

最低値でいれば、後は上がるだけだ。

期待して必要以上に打ちのめされることもないし、なにもなければないで変わらず彼の妻ではいられる。

なんともむなしい結婚生活だけれど、それでも彼のそばにいたい。

私の愛は一方的で自分勝手だ。藍斗さんの気持ちがなくても、私が好きだから一緒にいたいとしがみついて離れまいとするのだから。


その夜、私は飲み会でいつも以上にお酒を飲んだ。

意外においしかったのと、話が盛り上がったのと、お酒でふわふわした頭だと藍斗さんの件で悩まずに済むのが気持ちよくて、つい量を過ごしてしまった。

そういうわけで帰宅した頃には日付が変わる直前になっており、玄関に入ってすぐ、冷たい目の藍斗さんに見下ろされる羽目になったのだった。

「こんな時間までどこでなにをしていたんだ」

怒っているように感じて、ぎゅっと身体を縮こまらせながら下を向く。

「飲み会で……」

「飲み会の必要性は理解している。だが、遅くなるならなるでひと言連絡できなかったのか。何時だと思っている」

「ごめんなさい……」

普段ならもう寝ている時間だ。それなのに起きていたことを思うと、もしかしたら心配させてしまったのかもしれない。

「ひとりで帰ってきたんじゃないだろうな。遅くに酔ったまま歩き回って、なにかあったらどうする」

「それなら心配しないで。同期に送ってもらったの。名取《なとり》くんって言う人で……」

「……くん？　男か」

「う、うん」

とげとげしい言い方にぎくりとする。さらになにか言われるかと思ったら、藍斗さんは苛立たしげに眉根を寄せた。

「……俺の妻としてふさわしくない行動はするな」

藍斗さんが部屋に向かった後、リビングのソファに座って大きく息を吐いた。

せっかく最近、うまく付き合えるようになったと感じていたのに、また振り出しに戻った気がしてならない。

たしかに私に非がある。でもあれは私を心配した言葉じゃない。彼が望む〝妻〟のふるまいを諭すものだった。

ぎゅ、と胸もとを手でつかんで息を吐く。なにをこんなに傷ついているのだろう。

彼が私自身を望んでいないことなんて、最初からわかっていたのに……。

◇◇◇

階段を下りて一階に向かうと、まだ明かりがついていた。円香が消し忘れたのだろうかと思ってリビングに足を運ぶ。

彼女はソファにもたれ、ぐっすりと眠っていた。帰ってきた時と同じ格好どころか、まだ仕事用のバッグを持ったままだ。

俺が部屋に行った後、すぐにここで寝落ちてしまったのではないかと思われる。

「寝るならベッドで寝ろ」

そう呼びかけるも、円香が目を覚ます気配はない。

少しだけその顔が悲しそうに見えて、やはり先ほど帰宅した彼女に向けた言葉は間違っていたかもしれないと反省した。

今日は普段より遅い時間に帰ってきたのに、それでも彼女はまだ家にいなかった。

円香も残業が長引いているのかと焦れた思いで待ち続け、日付の変更が近づくにつれ不安でいっぱいになった。

　何度もスマホの画面を確認し、円香からの連絡がないのを見て焦りを募らせた。そうしてやっと帰ってきたと思ったら、彼女は頬が赤くなるほど酔っていた。

　連絡もなしに帰りが遅いばかりか、顔を真っ赤にしてふらつくほど酔っていると知り、いったいなにがあったのかとひどく心配になった。飲み会でそんなに酔うのはおかしいんじゃないかと思ったが、これも俺のせいかもしれない。

　こんなになるまで酒を飲むほどストレスを溜め込んだのだとしたら、そこまで追い詰めているのはどう考えても俺だ。

　しかも彼女は『名取くん』とやらに送ってもらったという。同期に対する気安さがあるのかもしれないが、相手は男だ。気にならないわけがない。

ただの同期の人間がそこまで親切に接するか？　いや、別におかしくはないはずだ。彼女に下心があるかもしれないなんて、そんなはず……。

　考えすぎだと自分に言い聞かせるも、もやもやしたものが胸から消えない。

　心配していい立場ではないと思いながら、どう不安を伝えればこの危なっかしい行為を控えてくれるのかわからず、冷たい言い方をしてしまった。

最低だ、と思いながら円香に再び呼びかける。

よほど眠りが深いようで、彼女が起きる気配はない。ベッドまで運ぶのは難しくないが、触れてもいいものかどうか悩んだ。毛布をかけてここで寝かせたままにするかと思うも、ソファで寝たら翌朝身体が痛くなってしまうだろう。

悩んだ末、これは下心のある行為ではないと結論づけて慎重に円香を抱き上げた。

酒のせいでいつもより熱い肌を意識しないよう、その身体の甘やかなやわらかさを意識しないよう、理性を総動員して二階まで運ぶ。

いっそ一階にも寝室を作ろうかと思うが、そうなったらきっと今唯一顔を合わせる場となっているベッドも別々に使うことになるだろう。苦い気持ちになりながらシーツの上に優しく下ろした。

いつの間にか服をぎゅっと掴まれていて、すぐには引きはがせない。頼むからそんなふうに甘えてこないでほしいと心の中で訴え、指を一本ずつほどいて手を離した。

むにゃむにゃと円香の唇が動き、キスを乞うように薄く開かれる。

その甘い唇を望むだけ堪能したい欲求が芽生えるも、目を逸らして耐えた。

◇◇◇

翌日、私は仕事を終えてすぐ帰宅した。彼が帰ってくるなりすぐに出迎え、頭を下げる。

「昨日はごめんなさい。連絡をくれてたんだね。電源が切れてて、気づかなくて……」

おかえりを言うよりも先に謝られたからか、藍斗さんは微かに目を丸くしていた。

冷たい言葉はまだ耳に残っているけれど、事前に何度も連絡してくれていたと知ってからは受け取り方が変わった。ずいぶん心配させてしまったのだとしたら、あんな言い方になっても仕方がない。

「……電源が切れていたなら仕方がない。……俺も言いすぎた」

彼が昨夜の冷たい言葉を後悔しているのが伝わってくる。

「ううん、藍斗さんが怒るのも仕方がないよ。迷惑をかけてごめんなさい。ベッドまで運んでくれたのもあなただよね？」

廊下を歩き始めた背中に話しかけると、藍斗さんが足を止めた。

「それくらい、大したことじゃない」

相変わらず素っ気なく言い、藍斗さんは二階へ行ってしまった。

その後、自室で本を読むのも味気なく思い、リビングで過ごしていると、しばらくしてから藍斗さんが二階から下りてきた。

私がソファでくつろいでいるのをちらりと見てからキッチンに消え、お茶の入ったペットボトルを手にまた現れる。

一連の動きを目で追っていた自分に苦笑してしまった。

そんなふうにしたからといって、藍斗さんとの結婚生活が変わるわけでもないのに――と思っていたのに、てっきり部屋に戻るかと思っていた藍斗さんが私のそばまでやってくる。

「再来週の日曜日、世話になっている取引先がパーティーを開く。妻として同行してもらいたい」

「わかった。ドレスコードはある？　だったら新しいドレスを買ってくるけど」

「俺が用意する。改めて買いに行く必要はない」

「……サイズとか、わかるの？」

八年前に話した好みも覚えているような人だけれど、さすがに伝えてもいない今のサイズは知らないはずだ。

藍斗さんは答えようとしたのか口を開いてから、考え込むように一瞬閉じた。

そしてもう一度、話し始める。

「たしかに俺のほうで用意はできないな」

「じゃあ、やっぱり買いに行ってくるね」

「俺も行こう。パーティーの雰囲気に合うドレスがどれなのか、その場で伝えたほうがわかりやすいだろう」

よほど特殊なコンセプトがない限りは、だいたい似たような雰囲気のものに落ち着くんじゃないかと思ったものの、彼がいる世界は私と違う上流階級の世界だ。

結婚式の招待客として着るようなものを思い浮かべていたけれど、もしかしたら違うのかもしれない。そういうことなら、ここはおとなしく同行してもらったほうが彼に迷惑をかけずに済む。

「そうだね。じゃあ一緒に……ドレス選びを手伝って」

まるでデートみたいだと思ってしまい、つい言い換える。

「ドレスはこれから決めるとして、どんな人が集まるパーティーなの？　覚えておかなきゃいけないことがあるなら、頭に入れておくよ」

「業種は特に限定されていないが、各社の代表取締役が多く集まる予定だ。一般的なマナーや教養はもうわかっているだろう。その点に関しては信頼している」

「ありがとう。期待に応えられるように頑張る」

ずっと冷たかった藍斗さんが私を信頼していると言ってくれた。

それだけで舞い上がりそうになるも、藍斗さんは苦い顔をしている。

「パーティーに参加するからには、エスコートの必要が出てくる。もし俺に触れられるのが嫌なら、今のうちに言ってくれ」

「……大丈夫。別に嫌じゃない」

硬い言い方になった自分に心の中で苦笑する。こんなぎこちない言い方では、意識していると言っているようなものだ。

「パーティーのエスコート、よろしくお願いします。私も公の場に出して恥ずかしいと思われないように、ちゃんと勉強しておくね」

「ああ」

昨日の一件があってまた距離が空くかと思ったけれど、どうやら心配しなくてもいいようだ。そのことに、自分でも驚くほど安心した。

＊　＊　＊

営業としての仕事もある中で、インターネットの情報や、購入した本からパーティーのマナーを頭に叩き込むのは大変だった。

　通勤中に、そして出張の際は移動中に、ひたすら知識を詰めた。昼休みだって、行儀が悪いと思いながらも、コンビニのおにぎりを片手に本を読んだ。仕事が終わった後は覚えたことの復習をし、自分でテストして徹底的に刻んだ。

　頭がパンクしそうだと思い始めた頃、藍斗さんが本を片手に唸《うな》っていた私のもとへやってくる。

「明日は空いているか？」

　リビングのソファでひっくり返っていたところに声をかけられ、慌てて起き上がった。乱れた髪を手で軽く撫でつけ、背筋を伸ばして藍斗さんを見上げる。

「空いてる。ドレスを買いに行くの？」

「そうだ」

　仕事の帰りに店に寄るくらいでいいだろうと考えていたものの、もしかしたら甘かったのかもしれない。そんなに時間がかかるものだと思っていなかったから、わざわざ金曜の夜に明日の話として予定を聞いてきたことに驚いた。

「何時に出る？　私は何時からでも大丈夫」

「朝……そうだな、十時だと早いか？」

正直に言えば早いと思った。でもすぐに、朝のうちに終わらせて午後を空けたほうが、彼にとって都合がいいのかもしれないと思い直す。

「ううん、十時でいい。お店の場所は——」

「既に見繕ってある。お前はついてくるだけでいい」

有無を言わせない素っ気ない言い方にきゅっと唇を引き結ぶと、藍斗さんが視線をさまよわせて付け加えた。

「……お前の好きそうなブランドにした。気に入るといいが」

自分の言い方が冷たかったと気づいたのか、わざわざつぶやくように重ねた言葉は思いがけず優しかった。

別に私に冷たくしたいわけではないようだ。誤解されるような物言いをする人だと知っていたのに、その裏にある思いを見抜けなかった自分を恥じる。

一瞬走った緊張がすぐにほどけ、代わりにもどかしい気持ちが芽生えた。

「そうなんだ、ありがとう。どんなお店なのか楽しみにしてるね」

もう店を決めてあるという言葉に、小さな驚きと淡い期待を抱く。わざわざ探してくれたということだろうか。私にふさわしいドレスが売っている店を？

デートみたいだとうわついた気持ちがまた戻ってきてしまい、そんな自分を一生懸命押さえ込んだ。

翌日、藍斗さんはモノトーンで統一したシャツとジャケットにパンツ姿と、実にシンプルな格好で私の前に現れた。

シンプルとはいえどれもブランドものだけど、きっと彼なら千円もしないシャツさえスマートに着こなすのだろう。そう思ってしまうほど、簡素な装いながらも華があった。

私はというと、丈の長いワンピースにしようとして考え直し、動きやすいパンツスタイルにしている。最初はかわいい服を選ぼうとしたけれど、今日はドレスのサイズを測るための人形として外出するようなものだ。おしゃれなんてする必要はないと、彼とのお出かけを意識しないつもりでそうしている。

それなのに、着替えを済ませてリビングで顔を合わせた際、藍斗さんはまじまじと私を見下ろして言った。

「そういう格好をしているのは新鮮だな」

「そうかな」

かわいげのない返事をしてから、自分の身体を抱きしめる。

藍斗さんの視線がずっと注がれているせいで落ち着かない。いくらなんでももう少しいい格好をしろと言いたいのだろうか。ドレスショップを訪れてもおかしくはない程度の服装にしたつもりだけれど。

「スカートにしないのか？　ワンピースでもなんでもいいが」

やっぱり彼のお眼鏡にかなわなかったようで、着替えを提案される。

「この格好はだめ？　そんなにおかしい？」

「脚のラインが見えすぎている。腰もだ」

「ど、どこ見てるの」

はっとうっかり藍斗さんと目を合わせてしまい、彼の視線が下へ向くところを見てしまった。

ゆっくりとなぞるようにお腹のあたりから腰へ、そして太ももからその下へと観察されるのが伝わる。視線なんて形のないものを、どうしてこんなにはっきり感じるのかわけがわからない。

「別に露出してるわけじゃないし、下品な格好でもないつもりだったけど……」

「まあ、いい」

まさかこんなふうに服装のチェックをされるなんて思ってもいなかった。

「ただのパンツだよ」

不満げな反応を見て反論しようとする。だけどその前に藍斗さんが背を向けて、玄関のドアノブに手をかけた。

「そんな格好で外を歩かれたら、お前を見る男の目をひとり残らず潰しかねない」

物騒な物言いにぎくりとしたのと同時に、この人はなにを言っているんだろうと胸の奥がざわざわした。

つまり彼は、私の身体のラインが出ているのが――それを道行く男性が見るのが気に入らないと言っているのだろうか。

淫《みだ》らな格好をしている女が妻なのは嫌だ、という空気ではなかった。純粋に私を他人に見せびらかしたくないとでもいうようなそれは、独占欲と言うほかない。

じわりと頬が熱くなるのを感じる。昔も独占欲の強い人だと思う瞬間はあったけれど、ここまでではなかったはずだ。

「藍斗さん……」

彼を意識するまいと思っていたのに、家を出る前からこんなことを言われたら嫌でも胸が騒いでしまう。それが悔しくて、もどかしい。どうしてそんな独占欲を見せてくるのかもわからない。

玄関を出た彼の後に続いて、私も外へ出る。鍵をかけてから、ガレージへ向かう後ろ姿を追いかけた。

藍斗さんが見繕ったというハイブランドのきらびやかな店には、品のいいドレスがいくつも並んでいた。ある程度カジュアルなものから、海外セレブが身につけるようなフォーマルなものまで、かなり種類が多い。

「ここから選ぶの……？」

さすがに圧倒されていると、藍斗さんは平然とうなずいた。

「三着くらい選んでおけ。パーティーに同行してもらう機会は今後もあるからな」

「そうなると逆に三着だけで足りるのかっていう心配がありそうだけど……」

「今、の話だ。またその時が来たら買いに来る」

それは手間なんじゃないかと思ったものの、押し問答しても仕方がない。

にこやかな店員の視線を痛いほど感じながら、とりあえずカジュアルドレスの棚に向かってみた。

「こういう系統がいいの？　それともフォーマルなほう？」

聞いたのに、藍斗さんはまったく別の場所を見ていた。

家を出る時はまるで独占欲を抱いているかのような文句をつけてきたのに、結局私の着るものに興味がないのかと苦い気持ちになる。だとすると、きっとさっきのあれも独占欲などではなかったのだ。

藍斗さんがどこを見ているのか確認するのもむなしい気がして、カジュアルドレスではなくフォーマルドレスを見てみる。パーティーと言っていたし、あまりシンプルすぎないほうがいいだろう。

なにより当日は、きちんと正装した藍斗さんの隣に立たねばならないのだ。彼の圧倒的な存在感と華やかさに負けないだけのドレスが、はたして存在するかどうかはともかく。

どちらにせよ、着る人間が私なら悩むだけ時間の無駄かもしれないと思いつつも、普段着る機会のないドレスを見て回るのは純粋に楽しかった。

ワインレッドのドレスはベルベッドのような生地で、少し肩が凝りそうだ。レースがふんだんにあしらわれた淡いブルーのドレスは、着たらきっと妖精のように見えるだろう。優陽のようなおとなしい雰囲気の女性になら似合うに違いない。

ビタミンカラーのドレスもあった。違うベクトルの派手さは、賑《にぎ》やかすぎるきらいもある。気をつけないと子どもっぽく見えそうだけれど、合う人が身につければ強烈な存在感をアピールできそうだ。

あれこれと見ながらも、結局目が留まるのはピンク系統のドレスだった。ピンクという色にはこんなにバリエーションがあるのかと驚くほど、多種多様なものが揃《そろ》っている。基本的にピンクというとかわいいデザインが施されるのに、ここに置いてあるドレスは大人っぽい上品なものが多かった。

どれもかわいい。全部着てみたい。

リボンがついているのに、まったく幼稚に見えないサーモンピンクのドレスを手に取ってみる。私の肌には少し色が濃すぎるだろうか。

「それにするのか？」

不意に背後から声をかけられ、驚いて飛び上がってしまった。こちらに興味を戻したらしい藍斗さんが、動揺する私を見つめて微かに目を見張る。

「なんだ？」

「きゅ……急に話しかけられたからびっくりしただけ」

どきどきと心臓がうるさく高鳴るのを憎らしく思う。彼の存在を至近距離で感じたからこうなったのだとは思いたくない。

「これもいいかなって。だけどもう少し決めるのに時間がかかりそうだから、好きなところを見てていいよ。なんだったら一時間後にまた来てもらうとかでも」

「俺がいないほうが決めやすい、ということなら外に出ているが、そうでないならここで見ている」

「楽しくないと思うけど……」

藍斗さんは軽く肩をすくめると、その場に残る意思を改めて示した。

彼がいて困るわけではないものの、さっき別の場所を見ていたのを考える限り、あまり時間をかけないほうが親切だろう。

そう考えて、今度は明るいグリーンのドレスを手に取ってみる。

「ピンクじゃないのか」

黙って見ているだけかと思いきや、しっかり話しかけてくるらしい。

「三着も選べるなら、いろいろバリエーションがあったほうがよさそうでしょ？」

「三着、全部ピンクにすればいい。好きなんだろう？」

「今後のことを考えたらそういうわけにはいかないよ」

「だったら、購入数を増やせ。好きなだけ、好きなものを選べばいい」

「それは……」

「棚ごと買うか？」

あまり冗談には聞こえない真面目な顔で言われ、ぎくりとする。

「そんなに着られない」

「家で着ればいい。俺の目を楽しませるために」

なにを思ってそんなふうに言うのかわからず、困惑する。私のドレス姿なんて見て、なにが楽しいというのだろう。

「これなんていいんじゃないか」

藍斗さんが手を伸ばし、ピンクベージュのドレスを手に取った。

肩から肘にかけ、袖の部分がレースになっている。腰回りをぐるりと一周した金糸の装飾と同じ色が、爪先にかけて広がる裾《すそ》にも刻まれていた。スカート部分もレースによってボリューム感があり、上半身をすっきり見せてくれる。

「あ、かわいい」

ほとんど反射的に言ってしまい、はっと藍斗さんを見上げる。

「だろう?」

「……素敵なドレスを見つけてくれてありがとう」

なぜか得意げにしている藍斗さんの視線を避け、ドレスを受け取って背を向けた。

見れば見るほど私好みのかわいいドレスだ。ひと目惚《ぼ》れしたと言ってもいい。

「これも似合いそうだ」

私に決めさせてくれるかと思いきや、藍斗さんは次々にドレスを提案してきた。そのどれもが私好みで、しかも私の肌によく合う色のものだった。

「あなたは私に興味がないんだと思ってた」

三十分ほど藍斗さんの『これはどうだ』攻撃に耐えた後、最初の彼の態度を思い返して指摘する。

「ここに来た時、全然違う場所を見てたでしょ。だからつまらないんだと思ってたの」

「来る前からずっと、お前が着るドレスのことしか考えていない」

そう言った藍斗さんの視線が、最初に見ていたほうへ動く。ちゃんとそちらを見ていなかったけれど、改めて彼の目線を追って息を呑んだ。

少し奥まった一角には、純白のウエディングドレスが置いてあった。

どくんと心臓が大きく跳ねる。なぜウエディングドレスなんて見ていたのだろう。今の言葉をそのまま受け止めるなら、それも私が着るドレスだと思っていたとか？

そんなまさか。この結婚は本物の夫婦になるためのものじゃないんだから、式の予定だってない。永遠に着る機会のないドレスを見る理由がわからない。

「……ドレス、これとこれとこっちのにする」

急に頬に熱が集まってきて、慌てて三着のドレスを選ぶ。その中には彼が最初に選んでくれたピンクベージュのドレスもあった。

「もう決まったのか」

「うん」

私のドレスを楽しそうに選び、ウエディングドレスを見つめる藍斗さんをもう見ていたくない。彼がなにを思ってそうしているにせよ、どうしても意識してしまう。

店員にお願いして試着を済ませた後、藍斗さんはすぐにドレスの支払いをした。自宅配送の手配を済ませ、私を店の外へ連れ出す。

「このお金もいつか返すね」

決して安い買い物ではないとわかっていたから、申し訳なくなってそう伝える。実家の借金と合わせて、こういう買い物で使用したお金も返すつもりだった。

「返す？　夫婦間ですることか」

「でも……」

「第一、買うのはドレスだけじゃない」

「えっ、まだなにか買うの？」

「アクセサリーや小物が必要だろう。少なくとも今買った三着のドレスに合うものを」

とんでもない金額になってしまうと気づき、ひゅっと喉が鳴った。ほどよい価格帯で揃えると言っても、聞いてもらえる気がしない。

「返す、なんて二度と言わせないからな」

「そ、そんなにたくさん買う必要は……」

「俺が必要だと言っているんだ。おとなしく言うことを聞け」

いったい今日だけでいくら使うことになってしまうのか、考えるだけで恐ろしい。

いくらパーティーにふさわしい装いにするためとはいえ、やりすぎだった。だけど藍斗さんに反論できる空気ではなくて、戦々恐々《せんせんきょうきょう》としながら次の店へ向かった。


昼を少し過ぎた頃にようやく買い物が終わった。

今日だけで限度額のないブラックカードを何度見たことだろう。心臓に悪すぎるから、しばらくは見たくない。

「これでもう買い物は終わりだよね？」

「まだ買い足りないなら——」

「充分。充分だから」

慌てて言うと、藍斗さんは眉間に皺を寄せた。不満らしい。

「この後は帰るでしょ？」

「なぜ？　今日は予定がないと言っていただろう」

「え？　言ったけど、ドレスを買ったら終わりかと……」

藍斗さんはまた少し眉根を寄せ、首を左右に振った。

「今日は一日、お前と過ごすつもりだった」

思いがけない返事が返ってきて、すぐに『嫌だ』と思ってしまった。

彼と過ごすのが嫌なんじゃなく、私のために一日空けてくれたこと、一緒に過ごすつもりでいてくれたことをうれしく思った自分が嫌だった。

「……どこに、行くの？」

頭と心がちぐはぐで、やっぱり拒めなかった。

「少なくとも次は昼飯だな。なにを食いたい？」

「藍斗さんは？　ドレス選びを付き合わせちゃったから、次はあなたの希望で」

「……お前がいるならなんでもいい」

他人任せの適当な返事と取ることはできなかった。藍斗さんには本当に希望がないのだ。私の願いを叶える、という以外のものが。

嫌だ、とまた思った。

八年前も彼はそうだった。割り切ろうとすればするほど、私を想うような言葉が胸に刺さって抜けなくなる。

これじゃあ本当にデートだ。そんなつもりはなかったのに。

自分の意志の弱さに辟易《へきえき》するけれど、好きな人を拒絶するのはどうしても難しい。

藍斗さんが好意的な言動をすればうれしくなってしまうし、同時に怖くもなる。

信じたくないのに信じたくなるし、過去のことは水に流して新しい関係を作ってほしいと言いたくなった。あの頃のつらい気持ちを捨ててもいいと思えるほど、藍斗さんは私にとって魅力的すぎる。

「じゃあ、イタリアンは？　パスタを食べたいな」

ときめきたくない、どきどきしたくない、と思いながら希望を伝える。

私の返答に対し、ふっと微笑した藍斗さんを見ただけで、もう胸が高鳴っていた。

＊　＊　＊

妻としての同行を求められたパーティーは、想像していたよりも大規模だった。

ホテルの宴会場を貸し切った立食形式で、ぱっと見る限りだと四十代から五十代くらいの年齢層が多いように思えた。

社長が集まるパーティーということだから、自然と年齢層も上がるのだろう。

これがＩＴ系の集まりならもう少し若い人もいそうだけれど。

「藍斗さんにドレスを選んでもらってよかった。この会場にいても、ちゃんと社長の妻らしく見える？」

ピンクベージュのドレスの裾を軽く持ち上げて藍斗さんに尋ねる。

藍斗さんは目を細めてから、表情を動かさずに逸らした。

「充分だ」

「よかった」

その反応を物足りなく思ったのはたしかだ。

せっかくなら、似合うとかかわいいとか言ってほしかったけれど、そういう関係ではないのだから仕方がない。

「今日は藍斗さんのそばにいればいいのね？」

「妻らしい振る舞いも頼む」

そう言った藍斗さんが私に腕を差し出した。

こういう時にどうすればいいのか、今日のためにあれこれと知識を学んだ私にはわかっている。

ほんの少しの緊張と胸の高鳴りを感じながら、差し出された腕を取った。

まだエスコートをする前の段階だというのに、些細《ささい》な仕草でさえ彼は本当に絵になる。日頃と違う装いなのもあり、つい目を奪われた。

彼を信じられない気持ちは変わらないのに、こうして触れ合っているとやはりうれしい気持ちが芽生えてしまう。『妻らしい振る舞いをするために必要だから』と自分に言い聞かせて、もう少しだけくっついてみたけれど、そんな言い訳をわざわざしなければいけない時点でどうなのだろう。

昔の彼なら、くっつきすぎだと笑ってくれたかもしれない。

今は私を見ようともせず、極力触れる場所が少なくなるように僅かに身を引いている。切なくなりながらも、さっそくパーティーで情報収集にあたった。

ここは友だちを作る場ではない。自分の事業に必要な相手を探し出し、笑顔で腹の底を探り合って商談に持ち込む戦場である。

積極的に話しかけてくる人もいればそうでない人もいる中、挨拶を交わしつつ藍斗さんにこっそり尋ねた。

「話したい相手はいるの？　もしそうなら、それらしい人を探すけど」

「アジア圏に強い貿易会社の関係者が参加していると聞いた。どんな手を使ってでも攻略したい相手だ」

「わかった。……雰囲気でわかるかな」

不自然にならない程度に周囲を見回し、藍斗さんの目的を果たそうとする。

三十分ほどそうしたものの、なかなか目当ての相手は見つからなかった。

人数が多いのもそうだし、藍斗さんと話したがる人が多いために、会話に時間を取られるせいだ。

「こういう場所って別行動するのはマナー違反？　バラバラに動いたほうが効率よく挨拶回りができると思うんだけど」

「個人的には同意見だ。だが、少なくともパートナーがいる状態ではやめたほうがよさそうだな」

「やっぱりだめか。そのほうが早そうなのにね」

「あまり前のめりになりすぎても空気が悪くなる。今くらいでいい」

改めて、藍斗さんはこういう場に慣れているのだなと思った。なんとしてでも彼の目的を達成しなければと張り切る私と違い、余裕がある。

もしかしたら内心はまったく違うことを考えているのかもしれないけれど、少なくとも私の目には落ち着いて見えた。

「まだパーティーが終わるまでには時間がある。少し肩の力を抜いたらどうだ。さっきから社長夫人というよりは、ただの営業職になっている」

う、と思わず声が出てしまった。

たしかにちょっと営業感を出しすぎていたかもしれない。言われてみれば『ぜひ御社とご一緒したいです！』という空気で話している人はひとりも見当たらなかった。

ここはそういうやる気や熱意で仕事を取る場ではないようだ。

上流階級と自分が普段いる世界の違いを実感し、恥ずかしくなる。

「ごめんなさい。こういう場での営業の仕方も勉強しておけばよかった」

マナーはひと通り調べたものの、営業の仕方となると完全に盲点だ。

「お前は勉強しないくらいがちょうどいい」

軽く言った藍斗さんが、近くを通りかかったスタッフの手にのったトレイからグラスをふたつ取る。

細身のグラスには金色に泡立つ飲み物が入っていた。それを私に差し出し、軽くグラスの縁を重ねる。

「さっきから飲み物も飲んでいなかっただろう。適当に楽しんでおけ」

「ありがとう。喉が渇いたなって思ってたところだったの」

これはもしかしてシャンパンだろうか、と思いながら口をつける。

唇を通ったアルコールが泡とともにさわやかに弾《はじ》け、心地よい刺激を喉に与えてくれた。自分がいかに渇いていたかを実感し、あっという間に飲んでしまう。

視線を感じて顔を上げると、まだひと口程度しか飲んでいない藍斗さんが微かに目を見開いていた。

「そんな勢いで飲むとは思わなかった」

「ご、ごめんなさい。ちょっとはしたなかったね。喉が渇いてたみたいで」

「……そう思っていたなら先に言ってくれ」

呆れられたかと思うも、藍斗さんは自分が持っていたグラスと空になった私のグラスを交換した。

「俺の分も飲んでいい。ただし飲みすぎるなよ」

「……うん、ありがとう」

断ることもできたけれど、純粋にその親切がうれしくてお礼を言う。

藍斗さんの唇が触れたグラスだと思うと、小気味よく弾ける泡と同じように胸の奥がぱちぱちした。

我ながら間接キスを意識するなんて、と思いながら、今度は大事に飲む。さっき飲んだものよりもっと甘い気がした。

「少し表情が和らいだな」

私を見ていた藍斗さんがそう言って、顔を覗き込んでくる。思わず目を細めると、藍斗さんが伸ばしかけた自身の手をはっとしたように引っ込めた。

「悪い」

「どうして謝るの？」

「……これはエスコートの範疇《はんちゅう》にない行為だ」

無意識に触ろうと思ったなら、その気持ちを優先して好きなだけ私を撫でてほしい。

そんなふうに思うのもきっとアルコールのせいだ。

「あなたのしたいようにして」

触って、という言葉を曖昧に言い換えて藍斗さんに伝える。

「もう酔ったのか？」

私の発言をどう受け取ったのか、彼はそう言って顔に困惑を浮かべた。

「……酔ってない」

「だが、顔が赤い」

いつの間に——と口にするよりも早く、藍斗さんが私の頬に触れた。

「ほら、熱くなっている」

「それ、は……」

ちょっとお酒を飲んだ程度で、そんなに顔が赤くなる体質じゃない。私の顔が赤くなっているのだとしたら、それは藍斗さんが触ったせいだ。

「耳も」

顔を見られたくない気がしてうつむくと、今度は耳を撫でられた。

びく、と身体が跳ねたのに合わせ、ドロップ形をしたペリドットのイヤリングが揺れて立てた音が聞こえる。

長い指が耳の縁をなぞって耳たぶで止まり、いたずらするようにイヤリングを揺らしたのを感じて、思わず顔を上げた。

「そんな触り方、しないで……」

普通に触れられるだけならまだ我慢できるけれど、こんな艶めかしい触り方はいただけない。いつも以上に胸が高鳴るのも、お酒ではなく彼のせいだ。

私を見つめていた藍斗さんが小さく息を呑み、きつく手首を掴んでくる。

そして彼は、そのまま私を引っ張って外へ向かった。

一階にあるこの会場は、ホテルのエントランスを通らなくても中心部にある庭園へ出ることができた。

庭園に足を踏み入れると、ほかにも夜風に当たりにきている招待客の姿がちらほらある。内々の話をしているふうな人の姿もあれば、落ち着いた静かな場でのんびり談笑を愉《たの》しんでいる人もいるようだった。

藍斗さんは私を連れ、ひと気の少ない場所へと導いた。

背の高い生け垣に囲まれたそこにはバラの花壇が置かれており、その横に小さなベンチがある。

「酔いが冷めるまでそこに座っていろ。……俺も頭を冷やしたほうがよさそうだ」

どういう意味かと尋ねる前に、やや強引にベンチに座るよう仕草で促された。

てっきり藍斗さんも隣に来るかと思いきや、まるで護衛でもするかのように立ち尽くしたままだ。

ずっと見下ろされているのも落ち着かず、席の隣をぽんぽんと手で叩いた。

「藍斗さんも座ろう。ちょっと休憩」

「ふたりで座るには狭いだろう」

「もうちょっとこっちに寄ろうか。そうしたら場所が――」

「危ない」

ギリギリまで端に行こうとしたら、滑り落ちそうになってしまった。その前に藍斗さんが私の腰に腕を回し、抱き寄せてくれる。

「これなら座れる」

彼との距離が、こんなにも近い。

どきどきして、顔が熱くて、喉がからからで――やっぱり私はこの人を憎みきれないらしいと自覚させられる。

きっとこのベンチは庭園の飾りのようなものなのだろう。ひとりで座るには余裕があるけれど、ふたりで座るには狭い。

ぎゅっとしながら藍斗さんと並んで座ると、ますます胸が苦しくなった。

このまま寄りかかって、もっと彼にくっつきたい。

会場にいた時よりも自分の顔が熱くなったのを感じ、こうなったら酔ったことにしてしまおうとひそかに決める。

実際、さっきから頭の芯がふわふわとはっきりしなくて思考が定まらない。

「私、酔ったみたい」

「言われなくてもわかる。あんなシャンパン二杯で酔うほど弱かったか？」

「そこまで弱くない。だって私、営業だよ。お酒を飲めなきゃ仕事にならないでしょ」

古いやり方だと言う人もいるけれど、実際のところ酒の席というのはいい営業の場だった。食事をともにする、という行為が大事なのかもしれない。

「酔うのはいいが、また落ちるなよ」。

私は本当に酔っているのだろうか。こんなふうに甘えたくなるほど？

ある程度冷静な自分がいるのもあり、思考と行動が一致しなくて混乱する。ほんの少しのアルコールに背中を押され、ずっと我慢していたことをしようと勝手に身体が動いているかのようだった。

時間が止まってしまえばいいのにな、と思った。

今、私たちふたりの間に流れている時間はとても穏やかで心地よい。八年前とも違う静かなひと時は、泣きたいほど幸せだった。

「どうしてホテルの経営者になろうと思ったの？」

あの時よりもあなたが好きだと言う代わりに、会話のきっかけを作る。

「高校生の頃、志信とあるリゾートホテルの見学に行った。プレザントリゾートを共同開発したあいつだ」

「長い付き合いなんだね。それで?」

「他人に夢を与えるのは楽しい仕事かもしれないと思った」

口もとに笑みを浮かべて話す藍斗さんに見とれる。笑っていると、普段の冷たい印象が薄れた。

「あの頃、志信は進路について悩んでいてな。そこでなにか見出《みいだ》したらしい」

「でも水無月社長はホテルの経営者にならなかったよね。どうして?」

「俺が先になると言ったからな」

「早い者勝ちで決めたんだ」

くすくす笑うと、藍斗さんが顔を寄せてきた。

「きっかけはあれだったが、どうせなら頂点を目指そうと思ったのはお前が理由だ」

「私?」

「『世界一のホテル王になって』と言っただろう?」

どくんと心臓が跳ねる。

それを覚えているのは私だけかと思っていた。だってあまりにも子どもっぽい、他愛ない雑談の流れで出た言葉だ。

「だからプレザントリゾートを作ってみた。志信にも作りたい理由があったしな。お互いにちょうどよかった」

初めて聞く話は新鮮だった。私が知らない藍斗さんを知っている、彼の親友に嫉妬してしまいそうだと思うほど。

「結局、ちゃんと見られてないや。あの日は優陽と一緒に見学するはずだったのに」

「俺と会わないほうがよかったか？」

思わず顔を上げて藍斗さんと目を合わせてしまい、後悔した。

彼の瞳に囚《とら》われたら、もう逃げられない。

「……少しだけ」

あの日、藍斗さんに会わなかったら私の人生は大きく変わっていた。八年前の想いが残っていることを知らずに済んだし、彼の妻として生活することもなかった。

「でも、会えてよかった」

どんなに切ない日々で、彼を愛してはいけない決まりを強いられても、こうしてそばにいられるだけでうれしい。

心の底から自分をバカだと思う。藍斗さんにはほかに好きな人がいて、私は一番じゃなかったのに、それでも彼がいい。

「……俺もだ」

藍斗さんがつぶやくように言って、私の輪郭《りんかく》に指を滑らせた。

顎の先を掴まれ、顔を持ち上げられる。

「あの日、招待客の中からお前を見つけられてよかった。声をかけようと思って、本当によかった」

関係を終わらせる原因はあなただったのに――と喉まで出かかった言葉を呑み込み、藍斗さんの肩をそっと押しのける。

「円香」

「そろそろ戻ったほうがいいんじゃない？　休憩はここまでにしよう」

この空気のまま彼といたら、きっとキスを受け入れてしまう。彼がしてくれないなら、私のほうからねだっていただろう。だけどそうしたら本当に、どうしようもないほど彼を好きになる。今は隠せている気持ちをきっと隠せなくなるから、欲しいぬくもりを拒んで立ち上がった。

「お前は自分勝手だな。甘えてきたかと思ったら、今度は突き放すのか」

「甘えたわけじゃない。……支えが欲しかっただけ」

藍斗さんに背を向けると、痛いほど視線を感じた。

たしかに私は自分勝手だ。勝手に甘えて、勝手に拒んだ。もっと彼といたいくせに、自分の心に嘘をついている。

背後で藍斗さんが立ち上がった気配がした。

「優しくされたらきっと、またあなたを好きになっちゃう。それは困るでしょ？」

「なればいい」

声が近い、と思った時にはもう、後ろから抱きしめられていた。

「好きになればいい。お前が俺に惹かれるのを止めるつもりはない」

「……嫌だ」

彼の腕を振りほどけないくせに、その言葉を拒んで首を左右に振る。

「あなたに裏切られるのは一回だけでいい」

「俺を裏切ったのはお前だろう。ずっと俺のそばにいると言ったくせに」

「私のせいにするつもり？」

「俺のせいだとでも言うのか？」

こんな言い合いをしたいわけじゃない。たぶん、藍斗さんもそう思っているから私を離してくれない。

「……離して。喧嘩《けんか》したくない」

「そうだな」

藍斗さんの腕がゆっくりほどけていくのを、悲しい気持ちで堪える。振り向いて抱きしめたら、彼はまた抱きしめ返してくれるのだろうか。どうして好きになればいいと言ったのだろう。それは彼が望む妻の姿じゃないはずだ。

「昔の話はおしまい。今はきっちり仕事をしなきゃ」

「……ああ」

この関係はビジネスだ。

私は藍斗さんから借金を返すための金をもらい、彼は望まない結婚を避ける。目的を果たすための契約結婚に、過去の話ももどかしい感情も必要ない。

「また好きになると言ったな。お前は今、俺をどう思っているんだ」

話を終えたと思ったのに、油断したタイミングで質問された。

「信用ならない人。……それだけ」

感情を押し殺した声はひたすらに冷たく、自分で言っていてむなしくなった。

好きになるなと言った口で好きになればいいと言い、裏切ったくせに私を責める。触れられるのが嫌なら言えと気を使ってくれたのかと思いきや、こうやって後ろから抱きしめてくる。ただでさえ私を裏切ったのに、こんな矛盾した言動ばかりの人を信用できるだろうか。

「そうか」

藍斗さんの答えは簡潔で、なんの感情も見出せなかった。

会場へ戻り、何事もなかったかのように再び夫婦を演じた。ありがたいことに今度はすぐ目的の人物を見つけ、完全に意識がそちらへ向く。

「私も筑波さんとは一度お話ししてみたいと思っていたんですよ」

先方の松田《まつだ》社長はかなり酔っているようで、声が大きい。

ただ、藍斗さんと話したいと思っていたのは事実らしく、好意的な態度を隠さなかった。

「そうだったんですね。実は今日、こちらにいらっしゃると聞いて探していたんです」

「おお！　新進気鋭《しんしんきえい》と評判の筑波さんにそう言われるとうれしくなりますね」

ふたりが並んでいると、親子ほどの年の差がある。だけど藍斗さんはうまく話を引き出して会話を盛り上げていた。

向こうも藍斗さんを若手だと軽んじず、きちんと対等に話してくれる。特に口を挟むこともなく、私はおとなしくその様子を見ていた。

以前、お飾りの妻でいいと言われたけれど、今はまさにその状態だろう。そう思っていると、松田社長の視線が私を捉えた。

「ついお喋りに夢中になってしまった。こちらのきれいなお嬢さんはどちら様ですか？　そのドレス、とてもかわいいです！」

「ありがとうございます」

藍斗さんから見たさっきの私もこんな感じだったんだろうかと、少し恥ずかしくなっていると、松田社長がいきなり手を伸ばしてきた。

あっと声をあげる間もなく引っ張られ、抱きしめられる。

なにが起きているの——と完全に思考停止したのも束の間、今度は藍斗さんに引っ張られた。

「ずいぶん酔っていらっしゃるようですね。水を頼みましょうか」

藍斗さんの声はひどく静かだった。

松田社長は首を傾《かし》げると、今度は藍斗さんにも抱きつく。

「私も妻を連れてきたんです。化粧室に行ったきり戻ってこないんですけどね。きっと知り合いを見つけて話し込んでいるんでしょう。寂しいものです」

「……とりあえず、落ち着きましょうか」

藍斗さんが私をちらりと見て、会場の外を目で示す。

「松田社長の奥さんがいるかどうか見てきてくれ」

「あ……うん。ええ」

いつも通りの返答をしてしまい、慌てて公的な場での取り繕った言い方に切り替える。藍斗さんをその場に残すのは少し不安だったけれど、わざわざ私に別行動を促したなら、ひとりで対応できるということなのだろう。

そう考えて、会場を後にした。


その夜、帰宅するなり藍斗さんはソファに座って疲れたように大きな息を吐いた。手のひらで顔を覆い、天井を見上げて低く唸っている。

「とんだパーティーになったな」

「お疲れ様。でもよかったね。松田社長とうまくやっていけそうで」

あの後、私は化粧室の前で探し物をする女性を発見した。

ピアスを片方落としてしまったというその女性こそが松田社長の奥さんで、無事に発見してから一緒に会場へ戻ったのだ。

そこで藍斗さんの服の袖を掴んで離そうとしない松田社長を見た彼女は、夫の酒癖の悪さに一喝《いっかつ》した。

そういうわけで、すっかり酔いが覚めておとなしくなった松田社長は、お詫《わ》びも兼ねて改めて藍斗さんとゆっくり話す機会を設けると言ったのだった。

「あれをうまくやっていけると判断したお前のポジティブさが怖い」

「だって、ぎくしゃくしたまま終わらなかったよ。反省しているみたいだったし、あ
あいう楽しい場だからお酒を飲みすぎちゃう気持ちもわかるというか」

「たしかにほかにも酔った奴の相手をしたな」

含みのある言い方にぎくりとする。

「ごめんなさい。でもそこまで酔ったわけじゃ……」

「あの場にいたのが俺以外でも、あんな甘え方をするのか？」

「そ……そんなに甘えてた、かな」

「擦り寄ってきただろう。気づかなかったとでも？」

庭園のベンチでしたように、藍斗さんが自分の隣を軽く手で叩く。

逆らえるはずがなく隣に腰を下ろそうとすると、気が変わったのか腕を引かれて膝の上にのせられる。向き合った状態で膝にのせられるなんて思わず、逃げ出したくなった。

だけど彼はそれを許してくれない。私の腰に腕を回し、意地悪をするように背中へ

指を滑らせてくる。

ぞくりとしたものを感じながら、彼の甘い追及に答えた。

「……藍斗さん以外に、できるわけない」

「本当に？」

「……っ、ほん、と」

「松田社長とは個人的に会うが、お前は来るな。また抱きしめられても困る」

苦々しい口調とそのもどかしい触れ方、私を見つめる眼差しから、微かに嫉妬めいた感情を察する。

でもどうして藍斗さんが？　お飾り妻に独占欲なんて抱く理由がないのに。

動揺し、妙な空気を消し去ろうと口を開く。

「抱きしめられた時、すぐに助けてくれてありがとう。びっくりして頭が真っ白になっちゃった。酔うとくっつきたくなるタイプなのかな。気持ちはわかるよ」

「なんでもかんでも理解を示すな。禁酒させるぞ」

「藍斗さんが思うほどは酔ってなかったよ。本当に」

「だったらあれは素面《しらふ》でやっていたのか？」

藍斗さんが私の首筋に顔を埋めてささやく。声と吐息が肌に直接触れ、ぞくぞくと背筋が震えた。

「半分、くらい……」

彼が怒っているように見えないからこそ、なぜこんなことで詰められているのかがわからず困惑する。

「で、でも、お酒の力を借りたのは事実、です」

鎖骨への口づけで続きの言葉を促され、こくりと息を呑む。

「変なことをしてごめんなさい」

「謝罪を聞きたいんじゃない。……好きになりそうだとかなんとか、どこまで本音なのか知りたいだけだ」

勢いのまま言った自分に後悔しつつ、首を横に振った。

「あのあたりは勢いで言っただけだから気にしないで」

「お前には嫌われているんだと思っていた」

藍斗さんの静かな声を聞き、もう一度首を横に振る。

「嫌いだったら、もうとっくに逃げ出してる」

「だったら——」

「でも、好きでもない。ちょうど真ん中」

好きだと認めたら、この関係は終わる。そうしないために嘘をついた。

「聞きたいことはそれだけ？　今日はお互い疲れちゃったし、このくらいにしない？」

「逃げるな」

ソファを立とうとした瞬間、見透かしたように牽制される。腕を掴まれたわけでもないのに身体が動かなくなった。

「本気で、俺に触れられて平気なのか？」

「何度もそう言ってる」

「わかった」

やっとわかってくれたのか、と思うと同時に藍斗さんに後頭部に手を回されて、強く引き寄せられた。広い胸に押しつけられ、彼の体温に包み込まれる。

「ど、どうしたの」

きつく抱きしめられていることについて疑問をぶつけると、また苦々しげな声が返ってきた。

「お前が簡単にほかの男に抱かれるからだ」

「その言い方は、ちょっと」

いつになったら放してくれるのかわからなくて、だんだん居心地の悪さを覚える。

さっきからずっと胸がどきどきして、心臓が痛い。うれしい気はするけれど、こんな真似をする理由が思い当たらないから困った。

「藍斗さんだって同じことをされたじゃない。それどころか、私と松田社長の奥さんが戻った時、袖を引っ張られてた」

「俺はなにをされてもかまわないが、お前はだめだ」

「理不尽だよ」

かつて交際していた頃も、藍斗さんはときどきこんなふうに理不尽な独占欲をぶつけてきた。人前ではクールで余裕のある彼が、私の前では違うのだとうれしく思っていたけれど。

「先に風呂に入って寝ろ。俺は今日会った相手に連絡してから寝る」

「うん、わかった。遅くなりすぎないようにね」

もし私が好きになってしまったらどうするのか、改めて聞きたい気持ちが芽生える。その場で関係を終えるのだと思っていたけれど、もしかして違う結末が待っているのか。だけどその思いは隠して、浴室へ向かった。

脱衣所に入り、ドアを閉めてから自分の身体を抱きしめる。焦がれたぬくもりはまだ残っていて、私をもどかしい思いにさせた。

どこからが〝好き〟なのか

どうしてこんなことになったのか。

自分のための旅行なら絶対選択肢に入ってこない立派な旅館を前に、呆然と立ち尽くす。

「どうした、入らないのか？」

「入る、けど……」

都心から高速道路を使っておよそ一時間半。そこまで移動すると、景色はビル群から山奥の大自然へ変わる。

豪勢な門をくぐると、和風造りの旅館と上品な着物に身を包んだ女将《おかみ》が私たちを出迎えてくれた。

藍斗さんがチェックインを済ませている間に、改めてこの状況に首を傾げる。

まず、先日藍斗さんは松田社長と会食を行った。

話によると、相当奥さんに絞られたようで、つい羽目を外してしまったことをこちらが申し訳なくなるくらい謝ったらしい。その際、お詫びとしてこの高級旅館の招待券をくれたということだった。

それはそれとしてしっかり事業提携の話を進め、関係値だけでなく仕事の成果も持ち帰ってきた藍斗さんの手腕にはさすがと言わざるをえない。

彼は『やらかしのおかげで、多少無理な契約を結んでも許されそうな雰囲気だった』と苦笑していた。実際にやるかどうかはともかく、目的は十分すぎるほど果たせたのだろう。

そういうわけでせっかくもらったならと、休みを取った藍斗さんに連れられ、旅行に来たのだった。

チェックインを済ませた藍斗さんとともに、旅館の庭園が見える廊下を通り、本館と離れた棟へ移る。高級旅館なだけあって、そもそもひとグループひと部屋という考え方ですらないらしい。

なんと、ひとグループにつき一棟なのだ。ほとんど一軒家と変わらない広さの場所を、たったふたりだけで使えるなんて贅沢《ぜいたく》すぎる。さらに露天風呂までついているというから驚きだ。

「それでは、ごゆっくり」

私たちが案内された棟は表札に『紫陽花《あじさい》』と書かれていた。

さっそく中を見てみると、思っていた以上に広い。

「かくれんぼができそう」

「さすがに付き合うつもりはない」

「たとえの話だってば」

真面目に返さなくても、と笑いながらリビングと思われる部屋に入る。

漆塗りの机に座椅子。奥には掘りごたつがあった。

畳の上品な香りが鼻腔《びこう》をくすぐり、非日常的な空間に来たことを教えてくれる。

「旅館に用意されてるお菓子を確認するのが好きなんだよね」

机の上に置かれたお茶の道具を手に取り、お菓子を探す。

でも、残念ながらそれらしきものはない。よく種を抜いた干し梅だとか、個包装のせんべいだとかがあるのだけれど。

「これの話をしているのか？」

藍斗さんに言われてそちらを見ると、受付に通じる電話や、旅館の案内図が置かれたサイドボードの上にお皿が置かれていた。

その上には四角い袋に包まれた梅ゼリーと金平糖《こんぺいとう》、甘酒を原料としたソフトキャンディがある。

「やっぱりいいところは、お菓子の置き方まで違うんだ」

感心しながら、金平糖を袋からひとつ取り出す。

自分の口に運ぶ前に、藍斗さんに渡した。

「甘いものは嫌いじゃなかったよね。一緒に食べよう」

「別にいい。気に入ったならお前が食え」

長い指につままれた金平糖が近づいてきて、ふにっと唇に押し当てられる。なにか言おうと口を開いた瞬間、中に放り込まれてしまった。

思いがけずあーんされてしまい、ちょっと落ち着かない気持ちになる。ただでさえ、愛のない契約夫婦なのにふたりきりで旅行に来てしまっているのだ。そこでこんな本物の夫婦のような甘いやり取りをしたら、もうどんな顔をしていいかわからない。

「ありがとう。この後は観光？」

じわりと熱くなった頬を見られないよう背を向けて、自分の荷物を取り出す作業に移る。とっくに自分のやることを終えたらしい藍斗さんが、畳に腰を下ろして私を見てきた。

「旅館を見学したい。それ以外はお前のやりたいことに合わせる」

ホテルの経営に携わっている藍斗さんが、同じ宿泊業の旅館に興味を示すのは当然だった。一応は休暇だというのに仕事のことが頭から離れないあたり、ワーカーホリックなのではないかと思ってしまうけれど。

「選択権は私にあるってことね。どうしようかな」

この状況になにも感じていないふりをしていないと、とても彼とまともに話せそうにない。むしろ藍斗さんのほうこそ、よく平然としていられるものだ。それだけ、もう私に対してなんの感情もないということなのだろう。

「あなたがどんな顔で仕事をするのか見せてもらうっていうのもいいね」

なるべく空気を軽くしようと茶化して言うと、ふ、と藍斗さんが笑った。

ここへ移動するまでの間にも感じていたけれど、妙に藍斗さんの機嫌がいい。その理由がわからないから、私としては戸惑うばかりだ。

「俺の仕事を気にしないとしたら、どうしたい？」

「そう言われると急に困っちゃうな」

自分のやりたいことと言われても、すぐに出てこない。

優陽とだったらなにをするか考えてみる。

まず部屋をぐるっと見て回ってから、ベッドの寝心地をたしかめてうっかりふたりで寝落ちし、観光する予定だったのにと大騒ぎしながら、今日はしょうがないから大浴場を楽しもうと気持ちを切り替える——とここまで考えて、くすくす笑う。

「なにかおもしろいことでも思いついたのか?」

「ううん、優陽とだったらどうするかなって考えてただけ」

「……ああ、友だちの」

「親友、だよ」

しばらく彼女と連絡を取れていないけれど、今頃なにをしているだろう。急に寂しくなって、今回の旅行で彼女へのお土産をたくさん買おうと誓った。

「ひとまず館内を見ながら考えるのはどう? 途中で廊下から見えた庭も気になるし」

「そうだな。そうしようか」

気持ちのいいテンポ感で話が進むことに、切なさを感じて視線を落とす。どうしたのかと聞かれたくなくてうつむきながら、館内を歩くためにスリッパを取り出した。

付き合っていた頃のようだ——と思うなんて。あれはとっくに失われた時間で、またあんなひと時が戻ってくるはずないのに。

「早くしないと置いていっちゃうよ」

「俺の準備は待たないのか。自分勝手だな」

からかうような物言いがまた私の胸を締めつける。

この旅行中くらいは、素直に楽しんでもいいだろうか？

たとえば優陽と一緒にいる時のように、よく知る友人として接すれば問題ないいんじゃないかと思う。

結局のところ、考えたって答えは出ない。今はひとまず、最初で最後かもしれない旅行を堪能しておこう。


時間が過ぎるのは早いもので、あっという間に夜になった。

館内を見て回った後は庭で過ごし、スリッパから靴に履き替えて観光をした。

旅館から車で十分ほどの距離にある滝を見て、渓流釣りで盛り上がり、また車を走らせて山の上からの景色を楽しんだ。

部屋でゆっくり過ごそうと言わなかったのは、藍斗さんとふたりきりの時間をどう扱っていいかわからなかったからだ。

だけど夜になると、さすがに外へ出るわけにはいかなくなる。

彼を避けて別の部屋へ行くのもわざとらしい気がして、結局リビングに落ち着いた。

「夕飯、豪華だったね」

「俺より食っていなかったか？」

「大げさだな。そんなわけないでしょ」

「本当に大げさか？　俺の天ぷらを持っていったくせに」

「食べたいならいいよって言ったのは藍斗さんでしょ！」

食いしん坊のレッテルを貼られそうになり、恥ずかしくなって言い返す。

抹茶塩で食べる天ぷらがあまりにもおいしすぎて感動していたら、藍斗さんが食べてもいいと譲ってくれたのだ。

それなのになぜか、私が欲しがって奪ったことになっている。

ひどい人だと怒っていると、テーブルに肘をついた藍斗さんが口角を引き上げた。

「なに？」

「今日はあっという間に一日が過ぎたなと思ってな」

「楽しかったね」

「……ああ」

ぽろっと出た気持ちを、藍斗さんが肯定してくれる。

「楽しかったの？」

単なる相槌《あいづち》なのかどうか知りたくて、つい踏み込んでしまった。

藍斗さんは私を見つめたまま、苦笑して言う。

「ああ、楽しかった」

「……よかった。私だけじゃなくて」

「お前こそ本当に楽しかったのか？　一緒に過ごした相手が俺なのに」

「藍斗さんらしくないね、その言い方。自分を卑下するようなこと、普段は言わないでしょ」

そう言ってからふと、結婚してからはたまに言っていたかもしれないと気づく。

「どう言えば俺らしくなるのか、お前にはわかるのか」

「どうだろう。でも今のは、ちょっと違うなって思った」

「俺よりも俺に詳しいんじゃないか？」

藍斗さんだって、と言いかけてやめておく。

お互いに、自分よりも相手に詳しいなんて――それは愛のない夫婦の会話じゃない。

このままだとまた妙な空気になりそうで、テーブルに手をついて立ち上がる。

「お風呂に入ってこようかな。藍斗さんは？」

「誘っているのか？」

「なっ、なんでそんな話になるの。大浴場のこと！」

「なんだ。露天風呂の話かと思った」

たしかにこの部屋には、ふたりきりでゆったり楽しむのにぴったりの露天風呂がある。陽が暮れる前にどんな場所か確認したけれど、檜《ひのき》の香りがする素敵な浴槽だ。周囲は塀で囲まれているものの、頭上には空が広がっており、夜になれば星を見ながらの入浴ができそうだと思っていた。

「あなたと一緒にお風呂なんて入らないから」

「昔は入ったのにな」

まるで返答を準備していたかのように返されて、ぐっと言葉に詰まった。

過去のことをちらつかせないでほしい。

楽しくて幸せだった頃を思い出し、期待しそうになる自分がいる。ずっとからかわれるのも癪で、反撃に出ることにした。

「そんなに言うなら、一緒に入る？　どうせそんなつもりないだろうけど――」

「悪くないな」

「えっ、嘘」

藍斗さんが立ち上がって、畳の端に置いてあった浴衣をふたり分持ってくる。

「待って、本気なの？」

彼は答えてくれなかった。代わりに、私の浴衣を持ったまま浴室へ向かってしまう。

変なところでムキにならなければよかった。

第一、どうして藍斗さんも本気にするのか。というより、本当に一緒に露天風呂へ行く気でいるんだろうか？

忙《せわ》しなくあれこれ考えながら、激しく高鳴る胸にだけは気づかれないよう、脱衣所へ向かった。


外はどこからともなく虫の鳴き声が聞こえ、実に風流だった。建物の周囲にあるのは自然だけだからか、人の声もしない。星がきらめく音さえ聞こえそうな、静かで穏やかな時間は心地よかった。

――藍斗さんと生まれたままの姿で露天風呂に入っていなければ、の話だけれど。

「遠いな」

「当たり前ですっ」

泳げそうな広さの露天風呂の端に陣取り、藍斗さんに背を向けて縁に身体を押しつける。

彼がどんなふうに入浴しているかは知らないけれど、私とは対角線の位置にいるのはわかっていた。

「信じられない。本当に一緒に入るなんて！　絶対冗談だと思ったのに」

「俺もいつお前が冗談だと言うのか待っていたんだが」

「今からでもあがっていいんだよ」

「人を追い出そうとするな。俺だって風呂に入りたい」

せめて濁り湯なら肌を見られなくて済んだかもしれない。

残念ながら嫌みなくらい透き通った温泉は、檜の湯船のおかげかとろりとまとわりつく。それが妙に艶めかしく思えてしまって、藍斗さんと一緒に入浴している状況をより意識した。

ちら、と背後を盗み見てすぐに前を向く。

八年前にも彼の肌を見たけれど、あの時よりも引き締まっている気がした。より研ぎ澄まされたように見えて、八年も経つと男の魅力が増すのだと感じさせる。脱がなくても藍斗さんは女性を惹きつける充分な魅力を持っていた。私のいない八年間、彼がどう過ごしていたのか考えるだけで胸が痛くなる。

「そこ、どうしたんだ」

藍斗さんの訝しげな声が聞こえ、振り向かずに答える。

「そこって？」

「肩の……いや、背中か。赤くなっている」

「どこ？」

とろみのあるお湯が波を打つ。

その意味を理解する前に、さっきよりも近い位置で声がした。

「ここだ」

びく、と肩が跳ねる。

振り返ったらきっと、すぐそばに藍斗さんがいるに違いない。耳もとでささやかれたのかと思うほど声が近くて、一気に顔の熱が増した。

「どこかぶつけたか？　擦ったのか？」

「わ、わからない……」

こんなことなら、マナー違反だと言われても気にせずタオルを持ち込むべきだった。せめて布一枚でも隔たりがあれば、ここまで動揺せずに済んだはずだ。

「……のぼせたのか？」

早く離れてくれればいいのに、まだ声が近い。それどころか、不意に耳に藍斗さんの指が触れた。

「んっ」

自分でも嫌になるくらい敏感に反応してしまい、咄嗟に振り返ってしまう。

藍斗さんは片手を中途半端に浮かせた体勢のまま、目を丸くして固まっていた。

「やっぱりのぼせたんじゃないのか。顔が赤い」

「誰のせいだと思ってるの……」

胸もとを手で隠し、身体を小さく縮こまらせながら藍斗さんを睨む。

「あなたがいると思うと落ち着かない。今だけじゃないよ。今日一日、ずっとそう。楽しかったけど、どうしたらいいかわからなかった」

藍斗さんの眼差しが私の肌を撫でていく。視線の動きを感じてしまい、ぞくぞくと背中が粟《あわ》立った。

「そんな目で見ないで。どうして契約夫婦なのに、こんなことをするの？」

藍斗さんは唇を閉ざしたまま、浮いたままの手を私の頬に滑らせた。耳に触れられた時と同様、普段は絶対出さない甘えた声がこぼれる。

彼の手はひどく熱かった。

それが移ったのか、私の身体まで熱を持ち始める。

「触らないで……」

「……前は触ってと言っていたくせにな」

藍斗さんが微かに眉根を寄せ、なにかを堪えた表情で私から手を離す。自分から触るなと言ったくせに名残り惜しくなって、咄嗟にその手を掴んでいた。

「おい」

「私だってわからないよ……」

私よりもずっと大きな手は骨張っていて、腕には血管が浮いている。かつて何度もこの手に抱きしめられ、甘やかされ、安心感を与えてもらった。今はこの手こそが私を不安にしている。

触れられるのが怖いのに、もっと触れてほしくて泣きそうだった。

「あなたは私をどうしたいの？」

藍斗さんはなにも言わず、私の手のひらをこじ開けて指を絡めた。手のひらを重ね、ぎゅっと離れないよう繋いで——切なそうに微笑む。

「今はキスしたいと思っている」

「なっ……」

「試すような真似をしなければよかった。この状況は拷問《ごうもん》だ」

整った顔が近づいて、唇に藍斗さんの吐息が触れた。思わず目を閉じ、媚びるように唇を開いてキスを待つ。

だけど藍斗さんはしばらく動かなかった。焦れた私が目を開けると、彼は目を細めて苦笑する。

「キスをしてもいいのか？」

「あ……」

されて当然だと思い、してもらうために目を閉じた。

でも、八年前ならともかく今の関係のままそうするのは間違っている。

「しちゃ、だめ」

震えた声は消え入りそうなくらい小さくて、風が湯船を撫でる音にさえまぎれそうになった。

「私……きっと、拒めないから」

藍斗さんがゆっくり目を見開き、ぐっと顔をしかめた。

直後、噛《か》みつくように唇を塞がれる。

「――っふ」

唇を割った舌が口内に侵入した瞬間、びりびりと全身に電流が走った。胸もとを隠していた手を開かれ、肌を暴かれても抵抗できない。

囚われた手はしっかりと逃げないように繋がれていた。

行き場を失《な》くしてさまよう片手を掴まれ、半ば強引に彼の背へ回される。必然的に抱きしめる形になり、ますます身体が密着した。

「キス、しないで」

「無理だ」

唇を触れ合わせたまま、藍斗さんが熱っぽくささやいた。

「止められるわけがない」

「ん――」

身じろぎのたびに湯船に波が立ち、揺れる。

以前、強引にされた時と違って彼のキスは優しかった。激しく奪いたがっている気配は感じるけれど、それ以上に私を包み込み、甘やかそうとしているように思う。

それとも、目眩《めまい》がするほど甘いからそんなふうに思いたいだけなのだろうか？

「っ、ん」

素肌が触れ合い、彼の身体に擦れた。

キスだけで高まった身体が欲張りになっている。もっと藍斗さんに触れられたいと全身がねだっていた。

「もうお前には触れないと決めていたのに」

唇を触れ合わせたまま囁かれ、自分からねだるように擦り寄ってしまった。

藍斗さんは私の唇に自分のそれを押し当てると、軽く食《は》む。

「優しくしてくれる……？」

「……誘惑するな」

背中に回った腕が私を彼の胸に引き寄せる。

「優しくしてくれるか、だと？　できると思うのか」

抱きしめられているせいで藍斗さんの顔が見えない。でもひどく苦しそうな声がして心配になる。

「今ほどお前を泣かせたいと思った瞬間はない。めちゃくちゃに抱いて壊したいとさえ思っているのに、どうやって優しくしろと言うんだ」

呼吸を乱して言うと、藍斗さんは私を突き放した。

「俺は、お前が知っている男じゃない。あの頃のままだと思うな」

結局、藍斗さんは私を抱かなかった。

ダブルベッドの端と端で、お互いに背を向けながら毛布をかぶる。

「……おやすみなさい」

「おやすみ」

話しかければ返事をしてくれるのに、心の距離は遠い。

あの頃の自分はいないと、彼は言っていた。その言葉の通り、かつての藍斗さんなら『泣かせたい』『壊したい』なんて言わなかったはずだ。

優しくしてほしいと言ったら、仕方がないなと穏やかに笑って、そんなに焦らさないでくれと懇願するまで私を甘やかしてくれた。

物騒な想いを告げられても、怖いというより戸惑いのほうが大きい。

私に優しくできないのは、どういう感情から来るものなのだろう。逆に、私に優しくしていた時はどんな感情が根本にあったのだろう。

不思議と、苦々しげに吐き出された今回のほうが彼の心の深い場所に近い気がした。

身じろぎをし、身体を折りたたんで目を閉じる。

あのキスの意味は？

止められるわけがないと言ったのはなぜ？

あれではまるで――私に恋い焦がれているようではないか。

「……藍斗さん」

呼んでみるけれど返事はない。もう眠ったのかもしれなかった。

どうして私にキスをしたの。
どうして一緒に旅行しようと思ったの。
どうして私をめちゃくちゃに抱きたいと言ったの。
聞きたいことはひとつも解決しなくて、ますます思考がこんがらがった。

恋の始め方を教えて

旅行から戻った後も、私たちの間には奇妙な空気が流れていた。以前のように避けるわけではないけれど、常に糸が張り詰めているような緊張感がある。

あのキスが私たちをおかしくさせてしまった。

触れ合わずに言葉だけ交わしていれば、まだもう少しなにかが違っていたんじゃないかという気がする。

藍斗さんは私と恋愛するつもりがないようだったし、実際に私に好きにならないよう言っていた。今もその考えは変わっていないはずだ。

ただ、あれ以来自信がない。藍斗さんは本当に私ともう恋愛しないつもりでいるんだろうか。だとしたらなぜ、あんなキスを？

私もいい加減、冷静に考えなければならない時が来たようだ。

藍斗さんのことは好きだ。それはもう認めるしかない。だけど彼を追いかけ続けて、幸せになれるかと言われたら絶対に違う。

なにせ私は、一度彼に裏切られているのだ。

見知らぬ女性を家に連れ込む藍斗さんを見て、どんなにつらかったか今でも思い出せる。ほかの誰かに心を明け渡している彼を、永遠に想い続けるのはきっと地獄のような日々だ。

借金返済のために始まった関係だということを、改めて思い出す必要がある。

つらいな、苦しいな、と自分が思うことが既にストレスで、どうにか発散する方法はないものかと思っていたある日のこと。

ついに限界を感じた私は、優陽に連絡をした。

【優陽、元気？　来週の金曜日、夜ご飯食べない？】

しばらくやり取りをしていなかったのもあり、なんとなくそわそわする。

幸い、彼女からの返信は早かった。

【もちろん。最近忙しかったみたいだけど、少しは落ち着いた？】

【ある程度は。そっちはどう？　元気？　仕事はまだ大変？】

【仕事はいろいろあって辞めたんだ。それと、私もこの間結婚したよ】

メッセージを打とうとした手が止まる。

結婚？　優陽が？

驚きの直後にやってきたのは、お祝いの気持ちと寂しい気持ちだった。おめでたいことだけれど、そんな相手がいるなんてひと言も教えてくれなかった。

親友なのに！と言いたい気持ちはあるものの、たぶん気を使ってくれたのだろうなと苦笑する。私たちはほかの女の子たちのように、恋愛について悩みを相談したり、のろけ話をしたりしなかった。

それにしても、優陽が結婚。そんな日が来るなんて思いもしなかった。

彼女の旦那さんは、どんな素敵な人なのだろう？

願わくは、私のようにややこしく寂しい結婚生活を送っていなければいい。


待ちに待った金曜の夜、私は女子会にぴったりだという個室の居酒屋で優陽と向かい合っていた。

「結婚したこと、どうして言ってくれなかったの？　びっくりしちゃった」

「私だっていきなり言われてびっくりしたよ。相手はどんな人？」

「先に優陽からどうぞ。聞くまで今日は帰らないからね」

「私も円香が教えてくれるまでは帰らないつもり」

四人席の個室は当然私たちだけだ。空いている椅子に荷物を置き、久々の再会をのんびり喜ぶ間もなく本題に入る。

適当に飲み物と食べ物を注文し、サワーの甘さに背中を押される形で話を盛り上げた。どんな人と結婚したのかという質問に対し、優陽は『いい人』と答えた。それをうらやましく思った自分が見苦しくて情けない。親友の幸せを心からお祝いできないなんて最低だ。

「円香の旦那さんは？」

「……いい人ではないかな」

ふう、と息を吐いてテーブルにもたれる。

あんまり酒を飲むとまた藍斗さんに叱られそうだ。別に酒癖が悪いわけではないのに、彼の中でそういうイメージが染みついている気がする。

今日はほどほどにしておこうと思いながら、思いつくまま彼のことを優陽に語った。

「どっちかっていうと、ひどい人。最低。鬼畜」

「そ、そんな人と結婚したの？」

「うん。なにを考えてるのか、ずっとわからない。……私のことなんて好きじゃないはずなのに」

アルコールよりも優陽の存在のほうが私にとって危険だ。彼女の前だと口が軽くなってしまう。

「なんで私だったんだろうね」

藍斗さんの考えていることがわからなくて、不安になる。

私との関係をどうしたいのか、せめて言ってくれればまだいいのに。

今は先が見えない霧の中を迷っているようで、前にも後ろにも進めないもどかしさがあった。

「……悩んでるの？　結婚したこと」

優陽が心配そうに聞いてくる。

そんなつもりじゃなかったのに、と思うものの、話を聞いてくれる人の存在に救われた。私に必要なのはなによりも優陽だったのかもしれない。

「もうずっと悩みっぱなし。……ああもう、愚痴っぽくなりたくなかったのに」

「いいよ、吐き出しちゃえ」

促されると逆に出てこなくて、ちょっと口ごもる。

藍斗さんはひどい人だと思うけれど、別に憎んでいるわけじゃない。彼が過去と今、私にしたことに対して感じるのは怒りよりも切なさだ。

「……優陽は、好きになっちゃいけない人を好きになったこと、ある？」

私は今、ちょうどそんな相手と一緒に生活しているところだ。

心の声は口に出さず、優陽の反応を待つ。

「どうして急にそんなこと……」

「聞きたくなっただけ。……で、どう？」

「……あるよ」

意外だ、と思った。

優陽は人がよくおとなしいせいで、騙されやすく利用されやすい。

だけど本人は堅実な性格をしているから、〝好きになってはいけない相手〟に恋なんてしないイメージがあった。

「好きにならないようにするって難しいんだなって思った。もうね、一回素敵だなって思ったらだめなの。ちょっと目が合っただけでどきどきしちゃう」

どこか遠くを見ながら言う優陽に強く共感する。

わかる。わかりすぎるくらい、わかる。

私は八年前に、彼に惹かれて以来ずっと惹かれ続けている。一度好きだと思ったら、たとえほかの女性といるところを見ようとこの気持ちを変えられないらしい。

違うとしたら、目が合うだけでどきどきするところだろうか。

私はそこまでピュアじゃない。

優陽はかわいいなと思った。そんな彼女に対し、藍斗さんのように『好きになるな』という男がいるのだとしたら、ぶちのめしてやりたい。

物騒な考えが頭をよぎり、熱くなりかけた頭を冷やそうと、持っていたグラスの中の溶けかけた氷を口に含んだ。

いつ、優陽はそんな寂しい恋愛をしたのだろう。こんなことならもっと早く彼女とこういう話をするのだった。そうしたら傷つく彼女を慰め、励ましてあげられたのに。

「好き合う関係じゃないってわかってるんだから、優しくしないでくれたらいいのに」

優陽の言葉に深くうなずく。

「その人、優しかったの？」

「うん。……すごくいい人」

ふと、優陽の胸もとに見慣れないネックレスがあることに気がついた。旦那さんからの贈り物だろうか。彼女に似合っていてとても素敵だ。

無意識なのか、それを手で弄《いじ》る優陽をまたうらやましいと感じた。

思えば私は、藍斗さんに結婚指輪すらもらっていない。

最近は身につけない人もいるというし、特に職場であれこれ言われるようなことはないものの、空っぽの左手の薬指を見るたびにこの結婚がどういうものかを突きつけられるのが寂しい。

「わかるなあ」

優陽のいろんな思いを理解し、つぶやく。

優しくしないでくれたらいい、というところは私と違うけれど。

私の場合は、気のあるふりをしないでほしい……だろうか。

キスもそうだし、触れたがるのもそう。泣かせたい、壊したいと、物騒ながらも私を求める言葉だって激しい思いを感じさせる。

「なんにも心配しないで、素直に夫と幸せになれたらそれが一番なのにね……」

心の奥底にあった願いが口をついて出てきた。

藍斗さんとの間になんのわだかまりもなく、好きだと素直に伝えられる毎日を過ごせるようになったら、きっと私は毎日にこにこしてしまう。

そんな日を望めないからこそ、こんなに焦がれるのだろう。

いっそ夢でもいいから、藍斗さんの本物の妻になりたかった。

優陽と話したおかげで多少すっきりしたとはいえ、根本的な問題は解決しない。

時間が解決してくれる、というのはあまりにも投げやりな考えだろうかと、最近は仕事中もぼんやり藍斗さんのことを想っていた。

そして優陽と楽しくもほろ苦いひと時を過ごした一週間後の金曜日。

これまではきちんと公私を区別して影響させないようにしてきたのに、気が緩んでいたのか残業することになってしまった。

「珍しいな。三堂が残ってるなんて」

営業の同期である名取くんが話しかけてきて、来週の予定をホワイトボードに書き込んでいく。

会社のフロアは私がいる周辺以外、もう電気が消えて暗くなっていた。

「そっちこそ、てっきり直帰したと思ったのに。わざわざ戻ってきたの？」

「資料のまとめだけ済ませようと思って。土日にやりたくないだろ」

「手伝おうか？」

「自分の仕事が終わって、どうしても俺の手伝いをしたいなら頼む」

「うーん、帰るかな」

茶化したら、ははは と軽快な笑い声が返ってきた。

会話が途切れたのをいいことに、その後はしばらく黙々と作業を行う。

営業部の所属といっても、新規の取引先を探し回ったり、今までの取引先との仲介をしたりするだけではない。

パソコンでリストを作ってまとめたり、自分の手もちの取引先について詳細を記した資料を作ったり、経理に叱られないよう外回りをする際に使用する経費の計算をしたり、意外と忙しいのである。

せっせとタイピングしていると、ふとスマホの通知に気がついた。

藍斗さんからだ。

【今日は遅いのか?】

この文面を見る限り、彼は既に家にいるのだろう。大抵の場合、私が藍斗さんを出迎える形になるから連絡してきたのだと思われた。

【仕事が残ってて。でももうすぐ終わる予定】

【迎えに行く。外で待っているから、さっさと終わらせて帰ってこい】

申し訳ないから大丈夫だよ、というのは心の中だけで言っておいた。

【ありがとう】

藍斗さんの気遣いを無駄にしないため、お礼を伝えておく。

車で迎えに来てくれるのだろう。自分だって仕事が終わって疲れているだろうに。

自宅からここまでは車なら三十分程度か。仕事を終わらせて荷物をまとめたら、だいたいそのくらいの時間になりそうな気がする。

「私、後三十分くらいで帰る予定だけどそっちは平気そう？」

「俺も同じくらいに帰るつもり。かぶったな」

「じゃあお互いラストスパートを頑張ろうか」

「おー」

ちょっぴり眠い目を擦り、またタイピングに勤しむ。

「なんかこういうの、久し振りだな。新人時代よくこんなふうに残ってた」

「懐かしい。私たちも立派になったよね」

そうは言ってもまだ二十六歳。上の人間からは、やっと新人と呼ばなくて済むようになったと思われているのかもしれない。

「経理のトラブルに巻き込まれて、明け方まで領収書を並べて確認したこととかあったよな」

「あったあった。帰らないほうが早いじゃんって言って、適当にファミレスで出社時間まで過ごしたやつ」

あの時ほど、二十四時間営業という言葉をありがたく思ったことはない。まだ仕事で右往左往していた頃を思い出すと、ほろ苦い気持ちになる。

淡々と、そして完璧に仕事をしているように見える藍斗さんにも、そんな時代があったのだろうかと考えて、当たり前のように彼を思い浮かべる自分に呆れた。

割り切るんじゃなかったの？　信用できない人だと思っていたんじゃないの？

心の奥底にいるもうひとりの自分がそうささやくけれど、そう思う気持ちだって別に消し去ったわけではないのだ。

ただ、私を裏切った許せない人だという気持ちと、それでも彼を嫌いになりきれない——それどころか好きだと感じてしまう気持ちが、両立しているだけで。

それからしばらく、私と名取くんの間に会話はなかった。残った仕事に集中し、藍斗さんに連絡を送ったちょうど二十分後に終える。彼がここへ到着する予定の時間まで、あと十分ほど余裕があった。

「私は終わったけど、そっちは？」

「もうちょっと……」

「しょうがないな、手伝ってあげる。この間、飲み会の時に送ってもらっちゃったしね」

藍斗さんを心配させてしまった時のことを思い出し、ほろ苦い気持ちになりながら名取くんのデスクに歩み寄る。

「神様……」

「いいから早く終わらせよう。この調子だと朝になるよ」

「さすがにそこまでは。まあ、三堂となら朝まで残業でも楽しそうだけど」

「私は絶対嫌だよ。今日はくたくただし、早くお風呂に入ってふかふかのベッドで寝たいの」

それに、藍斗さんにも会いたい。彼はもう会社に着いただろうか。それともまだ時間がかかっているだろうか。

「冷たいなあ」

「いいから手を動かす」

「はーい」

軽口を言い合って、名取くんのパソコンから一部のデータを受け取る。取引先の営業記録をまとめる仕事だった。これならば私も普段からやっているし、そんなに時間はかからない。

「もー、どうして一週間前の記録を今つける羽目になってるの。普段からきっちりやっておけば、提出日前に慌てなくて済むんだからね」

「おっしゃる通りです……」

神妙に言う名取くんをくすくす笑うと、向こうも楽しそうに笑い返してきた。

再び沈黙が落ち、パソコンのキーボードをタイピングする音が軽快に響く。カタカタという音を聞いていたら眠くなりそうだ。

やがて手伝いを引き受けた仕事も完了し、名取くんのメールにデータを送ってからパソコンの電源を切る。時計を確認すると、さっき仕事を終えた時より二十分も経っていた。きっと藍斗さんはもう待っていることだろう。

「名取くん、データ送っておいたよ。さすがにこれ以上手伝うのは厳しいんだけど、大丈夫？」

「大丈夫！　今終わった！」

「あ、だったらよかった」

「ほんとありがとう。三堂がいなかったら干からびてた」

「なんで残業したら干からびるの」

カバンを手に取って、名取くんと一緒に廊下へ出る。既に会社の中はしんとしていて、ふたり分の足音がやけに大きく聞こえた。

「助けてもらったし、なんか奢るよ。飯じゃなくて飲みでもいいけど」

「あ、ううん。ごめん、今日はもう帰る」

藍斗さんが待っているのに飲みに行くわけにはいかない。名取くんが少し残念そうな顔をする。

「そっか、じゃあまた今度だな」

「そういえばこの間、経理の原田《はらだ》さんが名取くんと喋ってみたいって言ってたよ。飲み会、誘ってみたら？」

「そうなの？　別にいいけど、三堂との飲みはまた別件で予約させて」

別にそこまで手伝ったことを気にしなくてもいいのにと思ったけれど、名取くんはこういう人だ。ちょっとお調子者で、おもしろくて、同期の中で一番気楽に話せる。だから向こうもなにかと私に頼みごとをしたり、食事に誘ったりするのだろう。

他愛ない話をしながら会社の外に出ると、不意に名取くんが立ち止まった。

「言おうかどうか迷ってたんだけど、このままじゃ一生変わらなそうだから言ってい い？」

「うん？　なに？」

急に話を振られて首を傾げていると、こちらを振り返った名取くんが真面目な顔で言った。

「俺さ。結構前から三堂のこと、好きだよ」

仲のよかった同期から、そんな言葉が出てくるなんて予想もしていなかった。だから私も足を止めたまま動けなくなる。

「そういう冗談は名取くんらしくないよ」

彼はたしかにおちゃらけた人だけれど、他人を傷つけかねないことは言わない。

「冗談じゃないんだよなあ」

苦笑しながら、名取くんは自分の後頭部を軽く手で掻《か》いた。

「お前と話してると気楽っていうか。だから……」

その時、すっと影が差した。

「終わったなら連絡しろ」

耳に馴染《なじ》んだ低い声が聞こえて振り返ると、いつの間にか藍斗さんが立っていた。どうやら会社の入口にいたのに気づかず、通り過ぎていたようだ。

「藍斗さ――」

「仕事仲間か？」

さりげなく腰に手を回されて戸惑う。手つきは優しいけれど、しっかりと私を抱き込む圧のようなものを感じた。

「……え？」

まるで私を、自分のものだと示しているかのような。

そう考えて、背筋がひんやりと冷たくなる。もしかして今、名取くんが言ったことを聞いていたのだろうか。

「そうだよ。同期の名取くん」

ぐ、と腰を抱く手に力が入って息が止まりそうになった。突如として現れた長身の男を前に、驚いているらしい名取くんに慌てて話しかける。

「……ごめんね。私、結婚してるの」

「え。でもそんな話、一度も……」

「特に会社で報告してなかったから……」

藍斗さんの視線を強く感じて、もしかして結婚したと言っていなかったのは悪手だったのかと不安になった。

「そっか。じゃあ……今の話はなかったことにしないとだな」

「……ごめん」

「謝るなよ。別に悪いことをしたわけじゃないんだから。また今まで通りに接してくれるか？」

もちろん、と返す前に藍斗さんが一歩前に出た。

「いつも妻と親しくしてくれているようでありがとう。これからもよろしく頼む」

たった今、告白してきた相手にそれを言うのは酷だ。だけど藍斗さんが本当に名取くんの言葉を聞いていたかどうか、まだ判断がつかない。

「いえ、こちらこそ……」

こうして並び立つと、藍斗さんの背の高さが際立つ。

「邪魔しちゃ悪いな。また明日。お疲れ様」

「……お疲れ、名取くん」

立ち去った名取くんが急ぎ足に見えたのは、たぶん気のせいじゃない。彼の姿が見えなくなってからも、藍斗さんは腰に回した手を放してくれなかった。

「藍斗さん」

「まだ三堂の名前で仕事をしていたのか？」

「取引先に連絡するのが大変だから。それに、この結婚はいつか終わるものでしょ？」

そう言った瞬間、藍斗さんがはっとした表情で目を見開いた。

八年前と違い、今の関係を終わらせようと言うのは藍斗さんだ。そのきっかけが私なのか、それとも彼自身の事情かはわからないけれど。

そういえば期限を定められていない結婚生活だったと思い出し、帰ってからちゃんと聞いてみようと思った。

帰宅してすぐ、藍斗さんは私をリビングに引っ張っていった。何事かと思ったけれど、やけに真剣な顔をしていて聞くに聞けない。

「大事な話がある」

私をソファに座らせた藍斗さんに言われ、無意識に息を呑んだ。

「……なに？」

楽しい話をするようには見えない。私たちの間でする大事な話といったら、やはり結婚に関することだろう。

いつ終わらせるつもりなのか聞くべきだと思っていたけれど、もしかしてもうその日が来たのだろうか。なんだかんだいって結婚してからもう半年が経つのを考えると、むしろ遅すぎたのかもしれない。

もう少しだけ一緒にいたかったというのはある。だけどこれ以上は本当につらくなっていただろうから、ここで終わらせてくれるならありがたいという気持ちもあった。なにを言われても大丈夫なように、膝を掴んで藍斗さんと向き合う。

藍斗さんは言葉を選ぶように深呼吸し、言った。

「くだらない駆け引きはもうやめる。……俺の負けだ」

相変わらず藍斗さんは私をまっすぐに見つめている。その瞳がいつもより切なげに見えるのはどうしてだろう。

「駆け引きって。勝負をしていたつもりはないんだけど……」

「八年間、お前を忘れた日はなかった」

ひくりと喉が鳴って、言いかけた言葉を呑み込んだ。

「……好きだ」

そのひと言は驚くほどしんとしたリビングに響いた。

「好きって……。いきなりなにを言ってるの」

「さっき、あの男に告白されているのを見て、いつまでもこの関係でいられるわけじゃないんだと気づいた。今のままでいたら、お前はきっとまた俺のもとからいなくなるんだろう。ほかの男と笑い合う姿を想像しただけで、狂いそうになる。またお前が俺を好きになってくれればいいと思っていたが、これ以上待てない」

「あなたが好きになるなって言ったのに」

指摘してから、彼が駆け引きをやめると言ったのを思い出した。

「だから私、好きにならないようにしなきゃって……」

とっくに好きだったけれど、と心の中で付け加える。

「なってくれと言ったら、昔のように俺を受け入れてくれるか？」

まだなにを言われているのか理解が追いついてこない。

藍斗さんが私を好きなのだとしたら、これまでの時間はなんだったのだろう。でも、この言葉が本当なら納得できる部分も多い。

「どうしてあなたがキスをするのかわからなかった」

「したかったからだ」

これ以上ないほどわかりやすい答えだ。藍斗さんにしてはいささか考えなしの発言にも聞こえるほどに。

「好きならどうして、旅行先で……しなかったの？」

質問の途中で気恥ずかしさを覚えて曖昧に濁す。

「私はあそこでもうあなたを受け入れようと思ってた。引いたのは藍斗さんだよ」

「お前をどうしてしまうか自分でもわからなかったから、あの場では触れないほうがいいと思ったんだ。今のこの関係さえ壊すわけにはいかない、と」

だったら今はどうなのか、さっき彼が語った言葉から察せられる気がした。

藍斗さんは、私がほかの男性と笑い合うだけで狂いそうになると言った。

それは八年前の彼の口からはきっと出なかった言葉だ。嫉妬する、もどかしくなる、おもしろくない……そんな言葉なら出たかもしれない。

根本は一緒でも、今の彼のほうがもっと深く重い感情を抱いているように思える。

「てっきり、もう私を好きじゃないって意味なんだと思ってた。違ったんだね」

少し悩んでから、藍斗さんの頬に手を伸ばす。彼は私が触りやすいよう少し屈《かが》んで顔を寄せてきた。

「私もずっと好きだったよ。この気持ちを知られちゃいけないと思ったから、必死に隠してた。もし気づかれたら、たとえ偽物だとしてもあなたの妻をやめなきゃいけなくなるでしょ？　……こんな関係でも一緒にいたかった」

割り切ろうと思ったし、もう二度と信じまいとも思ったけれど、結局私は彼を嫌いになれなかった。

「傷つくような真似を何度もしたのに？」

こぼれた質問を聞いてつい笑ってしまった。

「私を笑わせてくれるのも、あなただよ」

そっと顔を寄せて唇を重ねると、藍斗さんが小さく息を呑んだ。

「でも、ひとつだけ確認しておかなきゃいけないことがあるの。いい？」

「心配するな。この結婚は本物にする。借金も俺が返す」

「それも確認したいけど、それじゃなくて」

藍斗さんを本当の意味ですべて受け入れるには、解決していないことがあった。

「八年前、私以外に誰と付き合っていたの？」

十秒は沈黙が降りた。完全に思考停止していたらしい藍斗さんは、まじまじと私を見つめてから思い切り顔をしかめる。

「なんの話をしているんだ？」

「だから、藍斗さんが――」

「八年もたったひとりの女を忘れられずにいたんだぞ。ほかの女の入り込む余地があると思うか？」

不覚にもうれしいと思ってしまった。その言葉だけで十分だとすら思うも、そんな簡単に終わらせていい話ではない。

「でも、見たの。藍斗さんがあのマンションに知らない女の人を連れ込むところ」

「別人じゃないのか。俺が他人を、それも女を家に入れるはず――」

そう言いかけて、藍斗さんははっとしたように目を丸くした。

「尚美か」

それは彼の従妹の名前だった。私が結婚する原因になった人物でもある。

「尚美さん？　この間会った時と、あの時の女性は違う気もするけど」

「八年経っているんだから当たり前だ」

それを言われると、たしかにそうである。なにより昔見た時は遠目で輪郭くらいしかわからなかった。

藍斗さんが見知らぬ女性と一緒にいるという事実こそが大事で、どんな女性なのかまで確認しなかったのもある。

「引っ越した理由があれだ。教えてもいないのに住所を調べて、うちまで乗り込んできた。家に入れてくれないなら騒ぎを起こすとまで言って」

「そこまで……」

「あの頃にはもう、結婚の話が出ていたからな。まだ尚美が十九歳だったから、具体的な話にならなかっただけで」

これが藍斗さんじゃなければ、本当なのかと聞いていたところだけど、ついさっき彼の受け止めきれないほど深い執着愛を味わったばかりだ。

「別れの理由はそれか？」

「そう」

「……あの女のせいだったのか」

　怒りを通り越して憎しみさえ感じさせる声にぎくりとする。

「理由がわかっただけいい。誤解だ。説明が必要なら納得するまで話す」

「ううん、もう納得したから大丈夫」

　すんなりそう言えたのは、皮肉な話だけれど八年の月日があったからだと思う。

　大学生で、しかも未成年だった私も、今はアラサーに片足を突っ込みかけているところだ。二十六歳にもなれば社会人経験も積むし、世の中のいろいろなことを知って視野も広がる。

「電話も尚美さんが関係していたのかな。本人の声ではなかったように思うけど」

「電話？」

「藍斗さんの恋人だって人から連絡があったの」

　非通知でかかってきた電話について説明すると、藍斗さんは呻くように息を吐いた。

「別に犯人がいると考えるよりは、尚美がやったと考えるほうが早そうだな。前にも言ったと思うが、あの女はいろいろと悪い噂《うわさ》のある相手との付き合いがある。協力者だって当時からいただろう」

「……やっぱりそう？　そこまでするほど、藍斗さんと結婚したかったってこと？

もしかして私が知らない理由でも――」

「ない。金のためだ」

きっぱり言い切られて口をつぐむ。

「この件はちゃんと詰めておくべきだな。もし本当に尚美のやったことなら償わせる」

「そこまでしなくても。もう昔の話なんだし、私は気にしてないよ。これからしないでくれるならそれでいい」

「俺は気にするし、おかげでお前と元の関係に戻るまで八年もかかった。……八年だぞ。そう簡単に割り切れる年月じゃないだろう」

そう言われるともうなにも言えなかった。

藍斗さんの言葉はもっともだ。尚美さんのせいで、ふたりで過ごす八年の月日を奪われたと思うとやるせない。

「もしかしたら両親も噛んでいるかもしれない。そうなったら今度こそ縁を切るつもりだ」

「……あなたがそうしたいなら止めない。でも最後の手段にはしてほしい」

「あんな連中に対して優しくしてやる必要はないが、お前の頼みなら聞くか」

搾取されようとこれまでは情があったのだろう。私との関係をきっかけに縁を切ってほしくはない。

叶うなら関係が改善されるようにできればいいけれど、藍斗さんが望まないことを強要したくなかった。

「私にできることはある？」

「なにもしなくていい。嫌な思いはさせたくないからな」

「……ありがとう」

素っ気ない言い方だけどしっかり優しい。

また新しい問題が発生したとはいえ、過去の誤解は解けた。ひとつずつ絡んだ紐《ひも》をほどいて、今度こそ藍斗さんと夫婦になってみせる。

一歩前進しただけでも、大きな進展だった。

「ほかに話しておきたいことは？」

藍斗さんに尋ねられ、首を横に振る。もう解決しなければならないことはなかった。

彼の言葉を疑う理由も、この先のひと時を拒む理由もない。

私が心を決めているのを察したのか、藍斗さんが切なげな目をして言う。

「じゃあ……もういいんだな」

「うん」

なにがと言われていないけれど、別になんでもいい。

彼にならどうされようとかまわなかったから、うなずいてその背に腕を回した。藍斗さんも私を抱きしめ、後頭部に手を添えて固定する。

「どっちにしろ、これ以上は待てないが」

私の頭を包む手に少しだけ力が入る。『これ以上は待てない』という言葉が、真実で――しかもかなり切実だと訴えてくるように。

藍斗さんは私を見つめた後、ためらうようにそっと唇を重ねた。そうしてから、私を捉えた瞳を切なげに揺らして再び口づけをする。

二度、三度と触れるだけのキスが落ちた。会話もなく、ただお互いのぬくもりを確認するようなキスに溺《おぼ》れそうになる。

満たされているのにもどかしい奇妙な矛盾を抱えていると、次第に藍斗さんのキスが深くなっていった。だんだんと呼吸する間もなくなり、感触を確認する行為から欲を満たすための行為へと変わっていくのがわかった。

「優しくしてくれる?」

乱れた呼吸の合間に尋ねると、至近距離で藍斗さんが笑う。

「無理を言うな」

唇を甘噛みされ、愛おしげにささやかれた。

「優しくする余裕があると思うか？」

藍斗さんは私を抱き上げると、有無を言わさず寝室へ運んだ。

これまではずっと、同じベッドで寝ていても距離があったのに、今は仰向けになった私を藍斗さんが見下ろしている。

シーツを掴もうとした手を取られ、手のひらを重ねられた。

「めちゃくちゃにしてやりたい。俺のことしか考えられなくなるまで」

「……して」

藍斗さんのキスを受け入れながら、服を脱がそうとする手に従う。

「とっくにあなたのことしか考えてないけど、それでもいいなら」

ふ、と藍斗さんが口角を引き上げた。そして私の首筋に噛みついて痕をつける。

「つける場所に気をつけないとな」

そう言うくせに、いくつも痕を刻んでくる。

「いっそ見える場所に残してやりたい。お前に近づく男のことでやきもきするのはこりごりだ」

やっぱり彼が今までに見せたのは独占欲だったのだと、答え合わせが完了する。どうしようもなくうれしくて、顔も身体も熱くなった。

包み込むような甘いキスが降り注ぐ。

私の知っている藍斗さんのキスだ。八年前と違うのは、ただ愛おしさを伝えようとしているだけじゃないのがわかるところだろうか。

一つひとつ痕をつけられるたび、彼の強い独占欲を感じる。自分のものだと何度も藍斗さんは私に刻み込んだ。

その執着心にぞくりとして、どんどん身体の熱が増していく。

「……あ、待って」

ますます激しくなる藍斗さんのキスに焦り、思わず声をあげていた。

「別れてからずっと……してないの。だから上手にできないかも……」

「その時はまた一から教えてやる」

藍斗さんが意味深に私のお腹に手のひらを押し当てた。

ゆっくりと開かれた身体を、藍斗さんによってもう一度暴かれる。

それはとても幸せなことに思えて、あの頃と同じように応えたいと強く願った。

今まで触れられなかった分を取り戻すように、唇が何度も肌をついばんでいく。

「つは、ぁ」

八年前も私は彼の前でこんな声を出していただろうか？

思い出せないけれど、あの時のほうがもっと心に余裕があった気がする。あくまで今に比べれば、という話だとしても。

「そんな、とこ……」

藍斗さんに触れられるすべての場所がひどく敏感になっていて、どこになにをされても恥ずかしくなるくらい反応する。指がくすぐるようにお腹を伝い、太ももの内側に滑ったのを感じて咄嗟に両足を閉ざした。

「だめだろう、円香。俺を拒むな」

「ん……や、あぁ……」

優しく、それでいて強引に脚を割り開かれる。子どものような泣き声がこぼれ出て、意地悪な刺激に耐えるべく藍斗さんにすがりついた。

「ん、ん」

「いい反応だ。ちゃんと俺を覚えているな」

「言わ、ない……で……恥ずかし……」

「褒めているんだ。なにが悪い？」

ぎゅうう、ときつく藍斗さんの首に腕を回してしがみつく。

彼にしか許さなかった場所を、再びその長い指で暴かれる日が来るなんて。藍斗さんが言った通り、私の身体は彼に与えられる悦《よろこ》びをちゃんと覚えていた。覚えていたからこそ、八年待ち続けていた快感に咽ぶ。

藍斗さんにすがりつくのはやめ、自分の顔を手で覆って声を押し殺そうとした。それをいいことに、彼は私の脚を容赦なく広げてその中心にもキスをする。

「……そんなに俺が欲しかったのか?」

少し遠い位置から興奮を隠しきれない声が聞こえた。彼がなにに対してそんな質問をしたのか、恥ずかしいけれど理解してしまう。

「シーツ……汚して、ごめんなさい……」

「別にいい。俺のせいだからな」

そう言った藍斗さんは実にうれしそうで、それがまた私の羞恥を煽《あお》った。

「あ……あ、あ」

弱い場所にいくつも落とされるキスが、私からあられもない声を引き出す。ぴくんと身体がいちいち反応するたび、藍斗さんはますます激しく私を責め立てた。

思わず髪を掴んでしまうも、彼はやめてくれない。唇で、そして舌で丁寧に、余すことなく私を翻弄して蕩かせていく。

「だ、だめ、私……だめ……」

「どうしてほしいんだ、円香」

限界まで追い込まれ、肩で息をする私に藍斗さんがささやく。

優しいのに意地悪で、そういえば彼はそういう人だったのだと強く思わされた。

この瞬間を待ちわびていたのは彼だって同じはずなのに、私がねだるまでは我慢するつもりだろう。そのほうが〝楽しい〟ことを理解しているからだ。

「あ……藍斗さんは……？　どうしたいの……」

「お前が欲しい。もう一度、俺だけのものだとたしかめたい」

身体を起こした藍斗さんが再び私に覆いかぶさってくる。ぎしりと鳴ったベッドが、この後の情事に向けて準備万端だと言っているように聞こえた。

さっきまで彼に愛《め》でられていた場所を、息が止まるほどの熱がかすめる。いつの間に彼がこれほどの熱を宿していたのか、まったく気がつかなかった。

それも当然だ。自分のことでいっぱいいっぱいになっていたのだから。

「また、お前のすべてを俺にくれないか」

八年前と同じように。あの頃よりももっと深く。

言葉にはしない藍斗さんの想いを感じ取り、ひくりと喉を鳴らして彼の背中を抱きしめた。もう離れたくなくて、離してほしくなくて、その腰に足を絡めて擦り寄る。

「ん、全部……あげる。だから……藍斗さんをちょうだい」

彼が向けてくれる想いの十分の一でも返そうと、自分からキスを贈ろうとした。だけどその前に、私のおねだりを聞いた藍斗さんが唇を重ねてきた。

「ん……ん、ん」

重なった唇の間からくぐもった声と息が漏れ、衣擦れの音ときしむベッドの音に入り混じる。

久し振りだというのに、私の身体はまったく彼に抵抗を見せなかった。それどころか喜々として受け入れ、二度と離すまいと甘えている。

「す、き。藍斗さん……好き」

「……そんな声で言うな」

かすれた声で返事が返ってくる。

「優しくしたい、のに」

めちゃくちゃにしたいと言った口で、優しくしたいとも言ってくれる彼への愛おしさが一気に込み上げる。

「藍斗さんの好きにしていいよ……？」

「やめろ。誘惑するな」

あの藍斗さんの表情に、余裕がない。ぎりぎりのところで理性を保っているのは、その目を見ればすぐにわかった。

彼にこんな顔をさせているのが自分だと思うと、ますます胸がいっぱいになる。

「藍斗さんだって……何回も私を誘惑したくせに……」

「……そうだったか？」

「だから私……嫌いになれなかった。拒めなかった……」

何度も何度も、バカみたいに割り切ろうとしてそのたびに失敗した。藍斗さんの一挙一動に心を揺さぶられ、八年前よりもっと惹かれる気持ちを抑えきれなかったから今がある。

「円香」

きっと顔がくしゃくしゃになっている私の名を呼び、藍斗さんが目尻にキスをした。

「今夜は長くなる。……いいか？」

ああ、と小さく息が漏れた。私は今夜、眠らせてもらえない。寝られると思うな、と藍斗さんの眼差しが強く訴えてくる。

「……いい」

寝不足になったってかまうものかと、藍斗さんを感じたくて男性的な筋が通った首を甘噛みする。

どうせ、ひと晩で足りるはずがない。私たちの間にあるもどかしい空白は、八年分もあるのだから。

あまりに盛り上がったため、一端休憩を挟むためにシャワーを浴びた。

寝室へ戻ると、ベッドに寝そべった藍斗さんが自分の隣をぽんぽんと叩いて示した。その意味を察して示された場所に潜り込むと、ぎゅっと抱きしめられる。

「遅かったな。待ちくたびれた」

「鏡とにらめっこしてたの。あちこち痕だらけでびっくりした」

「鏡で見えない部分にもつけたはずだが？」

腰を抱く腕は力強く、今夜は離してもらえないのを嫌でも理解する。

「仕事に影響がなければいいんだろう。消えそうになったら、また何度でも新しい痕をつけてやる」

「温泉に行けなくなったら困るでしょ。また旅行をしたら、次はちゃんと大浴場にも行きたいんだから」

「俺がいるのに大浴場を選ぶのか？　隅々まで洗ってやるのに」

こうやって、と藍斗さんが私の身体を寝間着の上から撫でた。

実に下心でいっぱいの触れ方に身をよじると、藍斗さんは機嫌よさそうに笑って耳を甘噛みしてくる。どうやら休憩時間は終わりのようだった。

藍斗さんに尚美さんの件を任せて、一週間が経った。私の中では藍斗さんと和解できただけで終わっているのもあり、特に結果を急かさずのんびり待っている。

悩みが一気に解消されたおかげで、仕事もずいぶんと捗った。

夫婦として新しくスタートを切り、今は食事を一緒に取ったり、ふたりで晩酌《ばんしゃく》をしたり、充実した日々を送っている。

そんなある日のこと、仕事が遅くなり急いで帰る道中に怪しげな車に気がついた。

やたらとのろのろ動いており、私の後をつけてきているとしか思えない。

とても無視できそうになくて、曲がり角になるたびに右へ曲がってみた。偶然道がかぶっただけなら、どこかで別れるはずだ。

だけど曲がり角を四回曲がれば、元の道に戻る。もしそこまで一緒だとしたら、私を追ってきていると確信していいだろう。

緊張と不安が込み上げる中、自然と速くなる足を急いで動かす。

私にとってはあまりうれしくないことに、この道は昼でも人通りが少なかった。夜は街灯の明かりさえ乏しく、よからぬ考えを持った人間が動くとしたら絶好の場所だ。

ひとつ目の角を曲がって背後を盗み見ると、まだついてきている。ふたつ目、三つ目と繰り返し、元の道に戻ってきてから車の目的を確信した。

誰がなんのために？

今にも弾けてしまいそうなほど、激しく心臓が高鳴っていた。もちろん嫌な意味で、だ。

震える手で藍斗さんに連絡を入れ、自分の状況を伝える。

【変な車がいる。ずっとついてきてるの】

もう家にいるのかどうかわからないものの、藍斗さんからの返事は早かった。

【どこか店に入れそうなら、そこで待っていろ】

【家の近くだから、ちょうどいい場所がなくて。どうしたらいい？】

【今どの辺にいる？　迎えに行く】

だいたいの位置を藍斗さんに伝えると、彼はすぐ来てくれると言ってくれた。

怖い、怖い、怖い――。

ほとんど走るようにして家への道を進んでいると、つけてきていた車が急にスピードを出した。ぎょっとしてすぐ道の端に寄ると、まるで私を追い詰めるように並走してくる。

いったい誰が、どうして。

緊張が極限まで達した時、車のドアが開いて中から男がふたり現れた。

「さ、さっきからなんですかっ」

恐怖を打ち消そうと大声を出したつもりが、今にも消え入りそうなか細い音しか出ない。男は私を見てにやりと笑うと、その手を伸ばしてきた。

「気づいてたのか。あんたを連れてくるよう言われてるんだ。おとなしくしてくれれば悪いようには——」

「俺の妻をどこへ連れていくつもりだ？」

そこに息を切らした藍斗さんがやってくる。私を背に庇《かば》い、男たちには指一本触れさせまいと守ってくれた。

「遅くなって悪かった。大丈夫か？」

「だ……大丈夫。ありがとう……」

ちっとも平気じゃなかったけれど、藍斗さんをこれ以上心配させたくなくて言う。

男たちは軽く舌打ちすると、意味ありげに目配せをした。一気に剣呑な空気があたりを包み、咄嗟に藍斗さんに声をかけようとした。

だけどその前に男のひとりが藍斗さんにこぶしを振り上げる。

「危ない！」

警察を呼ばなきゃ。このままじゃ藍斗さんが。

震える手で取りだしたスマホが、手から滑って地面に落ちる。カツンという音に気を取られて下を向くと、ひどく鈍い音がした。

「藍斗さ――」

顔を上げた私が見たのは、振り下ろされたこぶしを片手で受け止め、もう片方の手を男の腹に埋め込ませた藍斗さんの姿だった。

「が、ふっ」

一拍置いて、男が激しくむせる。

「これ以上、俺の妻を怖がらせるような真似をするな」

怯《ひる》んだもうひとりの男と、衝撃を受けてせき込む男を前に、藍斗さんはひたすら冷静に言った。

「死にたいのか」

彼を味方だとわかっている私でさえ、ぞっとするほど冷たい声だった。

淡々とした対処とその冷ややかな圧を受けた男たちは、相手が悪いと悟ったらしい。

無事なほうの男がよろめいた男を支え、慌ただしく車に乗り込んで去っていった。

遠ざかる車に向けて、藍斗さんが冷静にスマホをかまえる。そしてしっかりとその車体を撮影した。

「ナンバーは押さえた。どこの誰なのか、すぐに調べさせよう」

「う、うん」

私の中で藍斗さんはいつも冷静な人だったから、誰かに手を上げるところなんて想像もできなかった。口喧嘩なら強そうだと思うけれど。

「手……大丈夫？　怪我してない……？」

「お前が無事ならそれでいい」

「答えになってないよ……」

藍斗さんの手を引き寄せて見てみると、幸い少し赤くなっているだけで怪我をしている様子はなかった。

「もっと早く来ればよかった。怖かったな」

「へ、平気。怖くない……」

「……強がるな」

握ったままの手を引かれ、そのまま抱き寄せられる。すっぽりと彼の腕に包み込まれた瞬間、急にいろいろな感情が込み上げた。

私はもうひとりじゃないし、守ってくれる人がいる。胸の奥がうれしさで温かくなった。

「さっきの人たち、私を連れてくるように言われてるって言ってた。黒幕みたいな人がいるってことなのかな……？」

「そうだろう。……こんなことにまで手を染めているとは思いたくないが」

苦い言い方から、彼の中で当たりがついているらしいと察する。タイミングを鑑みるとたしかに可能性はあったけれど、あまり考えたくはなかった。


残念ながら私たちの嫌な予感は当たってしまった。

藍斗さんが独自の手段で調査をした結果、やはりあの怪しい男たちは従妹の尚美さんに関係があると判明したのだ。

「お前たちも円香の誘拐未遂に関わっているのか？」

きつい言い方で義父母を詰める藍斗さんには、一切の容赦がなかった。

その手には調査の結果を記した紙があり、尚美さんや義父母となにやら話をするあの男たちの写真まで貼られている。

いったいいつどこでこの写真を手に入れたのか、おそらく探偵と呼ばれる人たちに依頼をしたのだろうが、すごい技術だと思った。

義父母は藍斗さんに突きつけられたものを見て蒼白《そうはく》になったけれど、自分たちが関わっていることを認めようとはしなかった。

「親に向かってお前とはなんだ。だいたい誘拐未遂だなんて大げさな……」

「その年で前科をつけたいなら止めたいが、親戚どころか世間の恥になるのは間違いないだろうな」

義父はその言葉だけで唇を閉ざした。恥をかくのは嫌なようで、隣の真っ青な顔の義母を小突く。

「お前が詳しいだろう。どうなんだ?」

「えっ? そんな、詳しいだなんて」

ふたりが責任を擦《なす》りつけ合っているのを見て、改めて薄ら寒い気持ちになる。

彼らは藍斗さんをいいように使い、搾取するための奴隷《どれい》として望まない結婚を強いていただけでなく、犯罪行為に手を染めてまで私を排除しようとしたのだ。そして息子に詰められても罪を認めず、お互いを売ろうとしている。

「お義母さん、お義父さん。どうして藍斗さんがわざわざ直接来たんだと思いますか」

見ていられなくなって声をかけると、驚いたことに睨まれた。こんなことになったのもお前のせいだ、と言いたいようだ。

「そんなことはどうでもいい。ほかになにか言うことはないのか？」

「警察に通報できるのにしなかったのは、藍斗さんの情なんですよ」

厳密に言うなら、私が穏便に済ませてほしいと言い、藍斗さんが渋々承諾したから今がある。それでも聞き入れてくれたのは、彼が今まで最低な親だと認識しながらも義父母を切り捨てられなかった情があるからだろう。

なのに肝心のふたりがそれを理解せずにいる。

「円香、いい。言うだけ無駄だ。……尚美はどこにいる？」

藍斗さんが尋ねたのとほぼタイミングを同じくして、廊下の奥から尚美さんが現れた。

従妹とはいえ他人のはずだけれど、この様子だと尚美さんはここに住んでいるのかもしれない。

義父母から気に入られていたようだったし、いつか藍斗さんと結婚するつもりでいるなら、たしかに自分で家を借りずここに住んだほうが早そうだ。

「さっきからなんの騒ぎかと思ったら……。もう顔合わせは済んだんじゃないの？

それとも今度は離婚の報告?」

失礼な人だと思うよりも先に、藍斗さんが義父母にも突きつけた紙を尚美さんに見せる。

「先日、円香が妙な連中に襲われそうになった。お前とは知り合いらしいな。どういうことなのか説明してもらおうか」

「……私によく似た別人じゃない?」

写真を前にしても尚美さんは一切怯まない。

それを見てさすがに限界を迎えたのか、藍斗さんが苛立たしげに言い放った。

「もういい。これまで行っていた援助はすべて打ち切る。当然、仕送りもだ」

「そっ、そんな! どうしてそんなことになるの? 関係ないじゃないのよ!」

悲鳴を上げたのは義母だ。その必死さを別のところで発揮してほしかったけれど、もう遅い。

「藍斗、考え直すんだ。お前はこんな年老いた両親に路頭に迷えというのか? そんな薄情な息子に育てた覚えはない!」

「家も買った。毎月余るほどの仕送りもした。必要なものがあれば都度用意して、充分息子としての役目は果たしたと思うが? いつ終わらせてもよかったものを、これまで放っておいたのはお前たちがそれで満足していたからだ。害がなければそれでいいと思っていたのに、よくも俺の最も大事なものに手を出そうとしてくれたな」

まるで冷たい炎が燃え上がっているかのようだった。

藍斗さんに睨まれた義父母がうろたえた様子で目線をさまよわせる。驚いたことに、降参を示して両手を軽くあげたのは尚美さんだった。

「わかった、認めるわ。ちょっとしたいたずらのつもりだったのよ。別にひどい目に遭わせようとしたんじゃない。こういう遊びだって、わかるでしょ？」

尚美さんは私に向かって言っていた。いたずらとは思えないほど手が込んでいたのに、この期に及んでまだしらばっくれるつもりかと恐ろしくなる。

「それで？　認めたから今の発言は撤回してくれるんでしょ？」

尚美さんが言うと、義父母は顔に感謝の色を浮かべた。徹底的に私の知っている常識では生きていないらしい。

「円香に謝罪しろ。それと……八年前の償いもだ」

それに関してはさすがに古い話というのもあって、確信を得られていないはずだった。尚美さんがどう反応するのかと思っていたら、私を睨んで舌打ちをする。

「やっぱりあの時の女だったの？」

その反応で、過去の件も彼女が関係しているのがはっきりした。なんの話だ、とならない時点で自白したに等しい。

「それならなおさら償いなんてできない。むしろそっちがする側でしょ？　人のものを横からかすめ取ったんだから」

「藍斗さんはものじゃありません！」

ひどい物言いにかっとなるも、もの扱いされた張本人の藍斗さんが止めてくれる。

「円香に償え。まずは謝罪からだ」

「絶対に嫌。なんでよ。私のほうがずっと前から藍斗と一緒にいたじゃない。そんなぽっと出の女にどうして取られなきゃいけないの？　社長夫人には私がなるって決まってたのよ！」

彼女は藍斗さんが好きなわけではないのだと理解する。あくまで〝社長夫人〟という肩書と、彼の資産にしか興味がないのだろう。それがまた許せなくて、私はいいから藍斗さんに謝ってと言おうとした。

だけどその前に、玄関のほうで物音が聞こえた。

「どうも、開いてたんで入ってきちゃいました」

突如現れた男は、高そうなスーツに身を包んでいて一見するとまともそうだった。

でもなんとなくそのにこやかな表情は胡散臭《うさん》いし、なにより勝手に人の家に上がり込む常識のなさもおかしい。

いったいどこの誰かと思っていると、尚美さんがいち早く反応した。

「ど、どうしてここに来るのよ。まだ支払いまで時間が……」

「それはうちに〝いい人〟を卸してくれたらの話でしょ。約束を反故《ほご》にしたんだから、当然期限の延長だってしませんよ」

なんの話かはわからないものの、少なくともこの男のほうが尚美さんより立場が上のようだ。

「お……お金ならないんだからね！　急かされたって困るわ！」

「それ以外にもあるんですよ。うちの人間を勝手に雇って、問題を起こしてくれたそうじゃないですか。困るんですよねえ、そういうの」

男が私と藍斗さんを見て、笑みを引っ込める。

「彼女には借金がありまして。返し終わるまでうちで働いてもらいたいんですが、かまいませんね？」

「お好きにどうぞ」

藍斗さんが即答すると、尚美さんが絶句した。

男は満足げにうなずき、立ち尽くす彼女の腕を引いて外へ出ようとする。

「嫌！　離しなさいよ！」

「お騒がせしてすみませんでした。それでは」

尚美さんの抵抗をものともせずに引きずり出して行った男は、来た時と同様帰るのも一瞬だった。

「あの人はいったい……？」

思わず藍斗さんに尋ねるも、彼が知っているはずがない。代わりに、義母が心配そうにつぶやいた。

「大丈夫かしら。たしかに尚美ちゃん、あちこちからお金を借りていたみたいだけど」

「自分の不始末は自分でなんとかすべきだ。……やけに結婚したがると思ったら、借金で首が回らなくなっていたようだな。俺の金で返すつもりだったのか」

義父母が気まずそうに目を逸らす。

借金はしていないかもしれないけれど、藍斗さんのお金を目当てになにか考えていたのは間違いなさそうだ。

「誰にでもそんな真似をすると思ったら大間違いだ」

「……気持ちはうれしいけど、ちゃんとあなたにも返すつもりだからね」

こそっと言っておくけれど、黙殺された。

代わりに藍斗さんは自分の両親を順番に見つめ、静かに言い聞かせる。

「見逃すのは今回までだ。もし円香に手を出したら、仕送りを止めるどころじゃ済まない目に遭わせてやる」

藍斗さんは義父母の反応を確認せず、私の手を引いた。

「もうここに用はない。帰るぞ」

プロポーズは特別に

尚美さんにまつわる身辺の問題も解決し、私たちに平穏な日常が訪れた。

優陽にも問題が解決した旨を伝え、改めて食事に行く約束をしたのだけれど、ふたりで遊ぶよりも早く結婚式の招待状が届いてしまった。

「ねえ、優陽の結婚相手って……」

家に届いた招待状を手に、藍斗さんに向かって言う。

「あなたの友だちの名前も、水無月志信さんじゃなかった……？」

「相手を聞いていなかったのか？」

「……知ってたの？」

「顔を合わせるたびにのろけられていたからな」

嫌そうに言うあたり、水無月社長はずいぶん愛妻家のようだ。よっぽどたくさんののろけていたのだろうと思うと、そこまで愛されている優陽がうらやましくなる。

でも以前のような切ない羨《うらや》み方ではなかった。よかった、という思いが強くて、私も優陽から旦那さんののろけを聞かせてもらおうと使命感に燃える。

さらに、ふたりの結婚式にはとんだサプライズゲストがいた。

「優陽、赤ちゃんがいるんだって」

「めでたいな」

結婚したと言っていたのは数か月以上前だから、準備中に妊娠が判明したのだろう。もしかしたら出産を優先して日付を後ろにずらしたのかもしれない。

「私は参加するけど、藍斗さんは？　仕事の休みは取れそう？」

「取る。志信のことだ、仕事を優先したと知ったら一生ねちねち言う」

「そんな人には見えなかったけど……」

「ああ見えて性格の悪い男だぞ」

「それ、優陽の前では言わないでよ。優陽にとっては最高の旦那様なんだから」

ぴく、と藍斗さんが頬を引きつらせる。

招待状を取り上げられたかと思うと、抱き寄せられた。

「お前にとっての最高の夫は？」

「最高でも最低でも、私の夫はひとりしかいません」

なにを張り合っているんだと呆れる私に、藍斗さんがキスを落とした。

「俺たちも結婚式をしないとな。その前に指輪か」

「そういえばしてなかったね」

ないのが当然になっていたけれど、これからは違う。

藍斗さんから指輪について言及してくれたのがうれしかった。この関係が偽物から本物になるのだと、やっと実感する。

「それと……」

「ん？　ほかにもなにかある？」

「いや、こっちの話だ」

曖昧に濁した藍斗さんは実に怪しかった。

でも、話したくないならまあいいかとその場を流し、結婚祝いの話に移った。

＊　＊　＊

結婚式当日、私は優陽がチャペルに入ってきた時点で、顔がぐしゃぐしゃになるほど泣き散らしていた。

「優陽が結婚しちゃった。ドレスきれい……」

純白のウエディングドレスは、優陽の身体のラインを際立たせるマーメイドドレスだ。私の中で彼女はいつもかわいい人だったから、こんなふうにきれいな一面もあるのだと知って少し切なくなる。だって、それを引き出したのは彼女の旦那様だ。長年親友だった私でもできなかったことを水無月社長がした。

きっとこの気持ちは嫉妬だ。優陽の一番幸せな笑顔を引き出すのは私じゃない。

「やだ……優陽……幸せになってほしいけど結婚しないで……」

「わかったから落ち着け」

ぐすぐす泣く私の涙を、藍斗さんが横からハンカチで拭ってくれる。頼もしい旦那様だ。もし今ハンカチで拭ってくれなかったら、私は彼が選んでくれた上品な青いドレスの裾で顔を拭っていたかもしれない。

水無月社長との出会いはプレザントリゾートだそうだ。私が藍斗さんに連れ出された際、ふたりは交流を深めたらしい。

不思議な縁だと思う。私が八年前、藍斗さんと別れていなければあんな再会もしなかったわけで、優陽が水無月社長と知り合う機会もなかった。

苦い思い出だったけれど、優陽のためになったのだとしたらむしろ誇らしい。藍斗さんに言ったら呆れられそうではある。

ふたりが誓いのキスをすると、もう嗚咽《おえつ》を止められなかった。

きれいなウエディングドレスに身を包んだ彼女を、たくさん写真に収めて後で一緒に見ようと思っていたのに。

やがて厳かな式が終わると、私たちを含めた参列者はガーデンへ出るよう促された。外はとても暖かくて、日差しが気持ちよかった。優陽の母親に抱かれた彼女の赤ちゃんが、機嫌よさそうにきゃっきゃと声をあげている。

「優陽、おめでとう！」

「ありがとう、円香……！」

フラワーシャワーで優陽を迎える間も泣きそうになり、早々に花びらを親友にぶつけ終えた藍斗さんがまた目尻を拭ってくれた。

「どうしよう、胸がいっぱい。この後の披露宴で友人代表のスピーチをするのに、大丈夫かな。泣いちゃってなにも言えなくなりそう」

「カンペを用意しているなら渡せ。志信の時と合わせて俺が読む」

「最悪の時はお願いするね。ありがとう」

そう話していると、次はお待ちかねのブーケトスだった。

優陽の幸せがいっぱいに詰まったブーケを他人の手に渡したくない気はするけれど、残念ながら私はもう人妻だ。幸せのおすそ分けは別の誰かに、と思いながら、ブーケトスに参加しない人の列に並んで見守る。

「せーのっ」

元気よく言った優陽は、なぜかブーケを投げなかった。投げるふりだけして、そのまま歩き出し——私のもとまでやってくる。そして、持っていたブーケを差し出した。

「投げないの？」

「次に幸せになるのは円香だから」

「え？」

どういう意味だろうと、ブーケを受け取って隣に立つ藍斗さんを見ようとした時だった。

その場に片膝をついた藍斗さんが私に向かって小箱を差し出す。開かれたそこに入っていたのは、銀色の指輪だった。

「結婚してくれ」

情緒のない目的だけの短い言葉とともに、藍斗さんは私を見つめた。

一拍置いて、集まった参列者が拍手をする。

「え？　なんで？　なに？　どういうこと？」

「サプライズ！」

優陽が水無月社長に寄り添って、にっこりと笑う。

「ちゃんとプロポーズできていなかっただろう。相談したら、ここでやれと言われた」

真顔で説明してくれた藍斗さんは、まだ膝をついたままだ。慌てて指輪を受け取り、少し考えてから藍斗さんを抱きしめる。

「私の知らないところで、優陽とサプライズを計画するなんてずるい」

「ずるいと言われてもな」

藍斗さんが立ち上がり、改めて私の手から指輪を取る。そして、左手の薬指にはめてくれた。

「これからずっと、お前は俺の妻だ。幸せにしてやる」

「うん、一緒に幸せになろうね」

優陽の結婚式に来たはずが、思わぬ主役になってまだ現実感がない。藍斗さんのキスが落ちると、さらに拍手が大きくなった。

薬指を飾る指輪の感触にはまだ慣れない。

いつかこれが当たり前になる日が来るのだと思うと、うれしかった。

END

特別書き下ろし番外編

筑波夫婦は我慢ができない

なにもしない一日を過ごしてみたい。

そんな私の願いを、藍斗さんは新婚旅行で叶えることにしたようだ。

というわけで私は、日本から飛行機でおよそ十三時間かけてモルディブへとやってきた。一面に広がる美しい海の上に水上コテージが並ぶだけの、夢のような場所だ。

案内されたコテージの内装を確認し、開放感に浸りながら背後に立つ藍斗さんを振り返る。

「日にちだけ用意してくれればいい、って言ってたけど、まさかこんなサプライズだとは思ってなかったよ」

空港で行先を知った私を見た藍斗さんのしたり顔を思い出して苦笑した。

会社には十日の休みをもらっている。忙しい人だと知っているから、藍斗さんには無理のない範囲で休みを取ってもらえればと思っていたのに、彼はどうやらしっかり無理をしたようだった。

そうでなければ、私の予定に合わせて長期休みなんて取れないだろう。

「どこかで観光するのもいいかと思ったんだが、前に『なにもしない一日を過ごしてみたい』と言っていただろう。だからモルディブにしてみた」

「いいね、海を見て一日を過ごすなんて最高の贅沢だと思う」

この人はもしかしたらサプライズが好きなのかもしれない、と少し思った。優陽の結婚式でもあんな形でプロポーズをしていたし。

「藍斗さんにとっても、普段ゆっくりしにくい分、こういう時間の使い方はすごく贅沢なんじゃない？」

「時間を好きに使えるより、お前を好きにできるほうが贅沢だ」

さらりと言った藍斗さんが腰に腕を回してくる。驚いた私に触れるだけのキスをすると、意味深に胸もとを指でつついた。

「水着の用意はちゃんとしてあるんだろうな」

「……一応ね」

海のある国に行くとは聞いていたから、それならとちょっと奮発してかわいい水着を買った。

上下に分かれたスカートタイプの水着で、日焼けしないようにゆとりのあるサイズのラッシュガードを合わせる予定だ。

「藍斗さんこそ、ちゃんと持ってきた？　ひとりで海遊びをするのは嫌だからね」

なにもしない時間を過ごすのだとしても、なにかするなら藍斗さんと一緒がいい。

そんな気持ちを込めて伝えると、私が仕返しにと彼の広い胸をつついた指を手で包み込まれた。そのまま口もとに引き寄せられ、軽く甘噛みされる。

「そんなに俺を脱がしたいのか？」

「そ、そうは言ってないですっ」

ぱっと自分の手を取り戻し、私を抱き寄せようとした藍斗さんから逃れる。

油断も隙もあったものじゃない。

こんな昼日中から誘惑してくるなんて、とんだ危険人物だ。海中を泳ぐサメでさえ、藍斗さんよりは安全なんじゃないだろうか。

「俺は早く脱がしたいな。どんな水着を持ってきたんだ？　見せてくれ」

「お触り厳禁ならいいよ」

「それは破ってもいいルールか？」

「なんのために厳禁って言ってるかわかる？」

軽快なやり取りが楽しくてくすくす笑うと、また藍斗さんの腕が伸びてきた。そんなにもくっつきたいなら仕方がないと、私自身触れたかった気持ちを隠しておとなしく従う。

藍斗さんの腕の中で軽く背伸びをし、顔を上げて唇を重ねた。当然のように受け止めた藍斗さんが私の後頭部に手を添える。

「俺を牽制したいなら誘惑するな」

「——ん」

噛みつくようなキスで叱られながら、甘やかされる。先に誘惑したのはそっちだと反論する暇も与えられず、唇を食まれ、舌を吸われて呼吸を絡めた。

しばらくして開放され、は、と息を吐くと名残り惜しげに見つめられる。私を見つめるその眼差しだけでも全身に火が灯るようだった。

「『なにもしない』にキスも入れるべきじゃない?」

このままではきっとキスだけでは済まなくなるのを感じ、藍斗さんに背を向けて荷物のほうへと向かう。

疼く身体を無視して水着や着替えを引っ張り出していると、すぐ後ろで気配がした。振り返る前に耳もとで低い声がささやく。

「どうせお前からねだることになるのに?」

ふ、と息を吹きかけられた耳を手で押さえ、藍斗さんを振り返った。どこまでも余裕でいっぱいの顔を見て、軽く睨みつける。

「本当にそうなるかどうか、勝負する？　ここにいる間は誘惑禁止。キスはもちろんだめだし、抱きしめたり触ったり……撫でまわすのもだめ」

「せっかくふたりきりで過ごすのに拷問だな。まあ、付き合ってやってもいい」

上から目線の傲慢な物言いは、彼が自分の勝利を確信しているようで小憎らしい。

こうなったら絶対に藍斗さんのほうから『俺の負けだ、お前が欲しい』と言わせてやろうと心に誓った。


その後、私たちはコテージと桟橋で繋がった島をゆっくり歩いて見て回り、海の広さと美しさを存分に堪能した。

もちろん、手は繋がない。私が砂に足を取られて転びそうになった時は、ちゃんと受け止めてくれたけれど。

昼食をとった後は念願の海遊びをするため、水着に着替えた。海遊びと言っても、場所は私たちが滞在するコテージだ。

寝室から続くバルコニーへ出ると、そこには小さなプールがある。その端にあるハシゴを下りると、そこはもう海だ。

バルコニーに上着を着て立ち尽くす藍斗さんの後ろ姿を見つけ、微かな緊張を覚えながら駆け寄った。

「藍斗さん、お待たせ」

思えば彼の水着姿を見るのは今日が初めてだ。ベッドの上で見る肉体はほどよく引き締まっていつも素敵だと思っていたから、期待していたのだけれど。

振り返った藍斗さんはなにも言わずに私を見ていた。私が彼の身体から目が離せなくなったのと同じように。

そこには想像以上に素晴らしい夫の姿があった。男性としての魅力がここにすべて詰まっている気がする。藍斗さんびいきの自覚はあるけれど、誰だってこの男性的でありながら品を感じさせる肉体を見たらそう思うはずだ。

もう一歩だけ歩み寄って、男性的というのは違うかもしれないと感じた。割れた腹筋と張りのある胸板と広い肩と、彼の独特なオーラが合わさって〝雄〟と呼ぶほうがふさわしいように思えてしまう。

いつも私はこんな男に抱かれていたのか、と思うと急に頼りない水着姿が恥ずかしくなる。開いていたラッシュガードの前を手で寄せ、身体を隠そうとした。

その前に藍斗さんが私の手を掴んで、それを阻止する。

「ここにいる間は触らないって――」

言い終える前に引き寄せられてキスをされた。

私の唇に優しく噛みついた藍斗さんが、熱っぽい息をこぼして言う。

「俺の負けでいい」

「……まだ三時間も経ってないのに」

「三時間も耐えた。充分だ」

もしかしたら、と思いながら藍斗さんの背に腕を回してキスをねだる。

「私もこれ以上は限界だったかも」

「やっぱりな。そういう顔をしていた」

顔を上げると、あんなに余裕そうに見えていた藍斗さんの目に微かな焦りが浮かんでいた。ベッドの上でしか見ない、早く私を欲しくて堪らないという時の目だ。

私が彼の魅力に一瞬で心奪われたように、彼もそうだったのかもしれない。その仮説を裏付けるように、藍斗さんが私の水着の胸もとについたリボンの紐を軽く引っ張った。

「もう俺の前以外で水着を着るなよ。見た男どもの目を潰して回るのが大変だからな」

「……かわいい？」

「かわいい」

ぎゅっと藍斗さんに抱きしめられ、肌が密着する。彼の身体はひどく熱くなっていた。太陽が明るく私たちを照らしているせいだけではないだろう。

「海なんてどうでもよくなった」

「そこまで言ってくれるなら、どの水着にするか悩んだ甲斐《かい》もあるね」

「……俺のために選んだのか」

「うん。絶対にかわいいって言わせようと思ったから」

藍斗さんが大きなため息をついて、私の肩に自身の額を押し当てた。

「どうしたの？」

「好きすぎて死にそうだ」

大げさな言い方を笑っていると、また唇を奪われた。

「今日を含めたら、これがあと十日続くのか。幸せだな」

「その先もでしょ。私たちはずっと夫婦なんだから」

軽く目を見開いた藍斗さんが、心からうれしそうな笑みを浮かべる。

「そうだな」

水着のリボンを弄っていた手が私の左手を握る。そして薬指に触れて、そこにある永遠の約束を記した指輪を撫でた。

自分で言ったことなのに、この幸せは一生続くのだと改めて噛み締める。

その日、結局私たちは海で遊ばなかった。それよりもお互いに触れ合い、一緒にいられる喜びを分かち合いたかったから——。

悪魔は愛にほだされる

「最近、機嫌がいいな」

仕事の打ち合わせを終えてすぐ、志信が言った。機嫌がいいのはどっちだと言いたくなるが黙っておく。

「お前ほどじゃない」

「よかったな。円香さんと和解できて」

俺の機嫌がいい理由を確信したひと言に、ほんのり苛立ちを覚える。こいつに見透かされていると思うと、なんとなくおもしろくない。

「そっちこそ。円香から聞いたぞ。優陽さんとはいろいろとすれ違っていたらしいな」

「それに関しては、俺の力不足だ。優陽の気持ちをわかってやれなかった俺が悪い」

志信が妻ののろけを語るのはこれが初めてではなかった。

自分の妻がいかにかわいいか、いかに魅力的か、俺に語ってどうするのかと思うが、最近少しその気持ちを理解し始めた自分がいる。それがまたなんとも複雑だ。こんなふうに頭の中が浮ついた男にはなりたくないというのに。

「今は世界で一番幸せな夫婦だ。また円香さん経由で優陽の言うことを聞いてみるといい。きっと俺と同じことを言う」

「少なくとも、世界で一番鬱陶《うっとう》しい男になったのは間違いないだろうな」

志信がどれほど楽しい結婚生活を送っているのか、詳細を聞くつもりはない。が、俺のほうがもっと幸せな生活を送っている自信がある。

無事にちゃんとした夫婦になってからしばらく経った今、円香は俺に遠慮がなくなった。俺が先にベッドに入ると、いそいそと後に続いて強引に腕の中に潜り込んでくる。抱きしめられるだけじゃ足りないのか、頭の下に俺の腕を置いて勝手に腕枕までする。

先日、新婚旅行に行ってからはやたらと俺を脱がしたがるようになった。腹筋を触るのが好きらしく、俺がどれだけ我慢しているかも知らずに撫でまわすのだ。同じ真似をするとすぐ逃げ出すくせに。

「また、円香さんのことを考えたのか？」

「は？　どうして――」

言いかけてから、口もとを手で覆う。どうやら無意識に緩んでいたようだ。

「なあ、藍斗。前に言ったことを覚えているか？　『好きになればなるほど、つらくなる』って」

「……記憶にない」

嘘だ。志信にそう忠告したのをちゃんと覚えている。まだ円香とうまくやれていなかった頃、のろけばかり言う浮かれたこいつに言ったのだ。

「俺は覚えているから言っておく。……お前の言葉は正しかったよ。でも、それ以上にやっぱり幸せなものだと思った」

そこまで言って、志信が言葉を区切る。

「今、お前はつらい恋愛をしているか？」

相変わらず嫌な友人だなとしみじみ思う。最近の俺が上機嫌だと知っているのに、わざわざ言わせようとするのだから。

「そう見えるなら、眼科に行ってこい」

「……よかった」

志信がほっと息をついた。なにを勝手に安心しているのやら。俺を理解した気になっているのが気に食わなくて、軽く蹴っておく。

「おい、なんで蹴るんだ」

「顔が気に入らない」

「優陽はかっこいいって言ってくれるのに？」

「いちいちのろけるな」

「円香さんは言ってくれないのか？　お前の顔が好きだって」

「あいつが好きなのは俺の顔だけじゃない」

咄嗟に答えてから、しまったと口をつぐんだ。だが、もう遅い。

「のろけることがあるじゃないか。叩けば出てくるものなんだな。ほかには？」

「うるさい。打ち合わせはもう終わっただろう。とっとと帰れ」

にやける志信をもう一度蹴ったものの、失言への気恥ずかしさはしばらく胸の内から消えなかった。


その夜、帰宅すると円香が玄関まで出迎えた。なにやら機嫌がいいらしく、隠しきれていない笑みが口もとに浮かんでいる。

「ただいま。なにかあったのか？」

「水無月社長に私のことをのろけたんだって？」

あの野郎、と心の中で毒づく。妻同士が親友だと、昼にした話でも夜にはもう共有されるものなのか。だいたい、志信もなぜそんなどうでもいい話を妻にするのか。

「のろけていない。あいつが勝手に言っているだけだ」

「本当？　どういう話をしたのかは聞いてないの。教えて」

「仕事の話しかしていない」

興味津々に食らいついてくる円香を押しのけ、自室へ向かう。

追いかけてくる気配をかわいいと思ってしまったことに悶々《もんもん》としながら、詳細を聞きたがる円香を放置して部屋に入った。ジャケットをハンガーにかけ、部屋着に着替えてから再び廊下へ出る。そこにはまだ円香が待っていた。

「お前が望んでいるような話はしていないぞ」

「優陽が私に嘘をついたって言うの？　言っておくけど、あなたと優陽なら私は優陽を信じるからね」

嘘をついたのは志信だと反論しようとして、嘘だとも言い切れないのを思い出し、口を閉ざした。

「だったら優陽さんと結婚すればよかったんじゃないか」

「あ、そういうこと言う。いいの？　私がほかの人と結婚しても」

「その時は式場に乗り込んで邪魔をしてやる」

「ほら、やっぱりだめなんじゃない」

一気に機嫌を直した円香とともにリビングへ向かう。俺がソファに座ると、すぐ隣にやってきた。充分なスペースがあるのに、わざわざ肩が触れる距離に座るあたりが愛おしい。

少し素っ気ない対応をしすぎた気がして、くっついてくる円香を覗き込む。こちらを見上げた円香が、なにも言わずに目を閉じた。

かわいいな、とまた思った。まだどうするとも言っていないのに、俺にキスをされる気になっている円香が本当にかわいくて堪らない。

「キスしてほしいのか？」

円香の望みを知っていて、わざと質問をする。

「……してくれると思ったの」

目を開けた円香が拗《す》ねたように唇を尖《とが》らせた。我慢の限界を超えて抱き寄せ、彼女が望んだ通りにキスをする。

相変わらず円香の唇は甘い。やわらかくて、いつまでもキスをしたくなる。そっと食むと、いつも彼女は俺の胸に当てた手に力を込めた。昔も、再会してからも、何度もキスをしたのにまだ微かに緊張した様子で身体をこわばらせるのもいい。早く蕩かせて、立てなくなるまで身体の力を抜いてやりたくなる。

舌で唇を割って口内を撫でると、小さな声がした。吐息交じりの円香の声は、唇と同じくらい甘くてくらくらする。こんなに簡単に情欲を煽る音が存在するなんて、円香と出会う前は知らなかった。

もっと、という気持ちを抑えきれなくなって、服の上から円香の身体に手を押し当てる。ゆるりと動かすと、まるで逃げるように身じろぎされた。

「どこへ行くんだ？」

身を引こうとした彼女の腰に腕を回して抱き寄せ、俺の胸を押しのけようとした腕を掴んで絡め取る。逃がすまいと唇を重ねたままソファに押し倒し、両足の間に膝を入れて動きを封じた。

「お風呂は？　ご飯もまだだよ」

「だったらそっちを優先するか」

試すように言うと、そう返されるとは思っていなかったらしい円香がきゅっと唇を引き結ぶ。わかりやすい奴だなと笑いそうになるのを必死に堪えた。

「俺が欲しいならそう言えばいいだろう？」

「藍斗さんが私を欲しがってるんでしょ？」

変なところで強気な円香に、またかわいいという感想が生まれる。こんな態度を取っていられるのも今のうちだ。

「そうだ、と言ったら？」

「……しょうがないから付き合ってあげる」

「偉そうだな。やっぱりやめるか」

「やだ」

最初からそう言えばいいと思うのに、この焦れたやり取りが堪らない。だからからかってしまうし、わざと求めていないふりをする。面倒な性格をしているのは円香じゃなく、俺のほうだ。

「やめないで」

「お前の望む通りにしよう」

〝愛している〟の言葉は、キスに溶かして伝える。

もう俺が『つらい恋愛』をする日は来ない。欲しかったものはもうここにある。

END

あとがき

こんにちは、晴日青です。

このたびは『冷血悪魔な社長は愛しの契約妻を誰にも譲らない』をご購入いただきありがとうございます。


本作の主役ふたりの名前を見て「あれ、このふたりって……」と気づいてくださった方がいたらうれしいです。

前作、ベリーズ文庫六月刊の『気高き不動産王は傷心シンデレラへの溺愛を絶やさない』の主役ふたりのそれぞれの親友が今回の主人公たちでした。

ところどころリンクした部分もあるので、ぜひ両作読み比べてみてください。誰がいつどんなことを考えているのか、いろいろ見えて楽しい……はずです。

番外編での藍斗さんと志信さんの会話の詳細はそちらでどうぞ。


さて、本作のふたりは過去にいろいろあったわけありな元恋人たちです。

タイトルに『冷血悪魔』とつけられるくらい言葉が足りない藍斗さんですが、円香さんとごたついて以降、恋心を熟成させすぎて大変なことになってしまいました。そうとも知らずまさかの再会を果たして……と、この先はあとがきから読む方のためにお口チャックをしておきます。

本作の表紙イラストは浅島ヨシユキ先生です。華やかでキラキラ感あふれるふたりなのに、円香さんのこのちょっと切なそうなお顔がわけありなのを滲ませていて、すごく好き！ってなりました。前作ヒロインであり親友の優陽さんと同じ色のドレスなのもかわいいですし、藍斗さんの色気にも思わず拍手をしてしまいました。

無事に四人全員幸せになってくれて本当によかったです。
それではまた、どこかでお会いできますように。

晴日青《はるひあお》

晴日青先生への
ファンレターのあて先

〒104-0031
東京都中央区京橋1-3-1
八重洲口大栄ビル7F
スターツ出版株式会社　書籍編集部　気付

晴日青先生

本書へのご意見をお聞かせください

お買い上げいただき、ありがとうございます。
今後の編集の参考にさせていただきますので、
アンケートにお答えいただければ幸いです。

下記URLまたは二次元コードから
アンケートページへお入りください。
https://www.ozmall.co.jp/enquete/IndexTalkappi.aspx?id=2301

ベリーズ文庫

冷血悪魔な社長は愛しの契約妻を
誰にも譲らない

2024年10月10日　初版第1刷発行

著　者　晴日青
©Ao Haruhi 2024

発行人　菊地修一

デザイン　hive & co.,ltd.

校　正　株式会社文字工房燦光

発行所　スターツ出版株式会社
〒104-0031
東京都中央区京橋1-3-1　八重洲口大栄ビル7F
TEL　03-6202-0386（出版マーケティンググループ）
TEL　050-5538-5679（書店様向けご注文専用ダイヤル）
URL　https://starts-pub.jp/

印刷所　大日本印刷株式会社

Printed in Japan

ISBN 978-4-8137-1649-5　C0193

ベリーズ文庫 2024年10月発売

『航空王はママとベビーを甘い執着愛で囲い込む【大富豪シリーズ】』葉月《はづき》りゅう・著

空港で清掃員として働く芽衣子は、海外で大企業の御曹司兼パイロットの誠一と出会う。帰国後再会した彼に、契約結婚を持ち掛けられ!?　1年で離婚もOKという条件のもと夫婦となるが、溺愛剥き出しの誠一。やがて身ごもった芽衣子はある出来事から身を引くが——誠一の一途な執着愛は昂るばかりで…!?

ISBN 978-4-8137-1645-7／定価781円（本体710円＋税10%）

『冷酷な天才外科医は湧き立つ激愛で新妻をこの手に堕とす』にしのムラサキ・著

院長夫妻の娘の天音は、悪評しかない天才外科医・透吾と見合いをすることに。最低人間と思っていたが、大事な病院の未来を託すには彼しかないと結婚を決意。新婚生活が始まると、健気な天音の姿が透吾の独占欲に火をつけて!?「愛してやるよ、俺のものになれ」——極上の悪い男の溺愛はひたすら甘く…♡

ISBN 978-4-8137-1646-4／定価770円（本体700円＋税10%）

『一度は諦めた恋なのに、エリート警視とお見合いで再会!?～最愛妻になるなんて想定外です～』吉澤紗矢《よしざわさや》・著

警察官僚の娘・彩乃。旅先のパリで困っていたところを蒼士に助けられる。以来、凛々しく誠実な彼は忘れられない人に。3年後、親が勧める見合いに臨むと相手は警視・蒼士だった！　結婚が決まるも、彼にとっては出世のための手段に過ぎないと切ない気持ちに。ところが蒼士は彩乃を熱く包みこんでゆき…！

ISBN 978-4-8137-1647-1／定価770円（本体700円＋税10%）

『始まりは愛のない契約でしたが、パパになった御曹司の愛に双子ごと捕まりました』蓮美《はすみ》ちま・著

幼い頃に両親を亡くした萌。叔父の会社と取引がある大企業の御曹司・晴臣とお見合い結婚し、幸せを感じていた。しかしある時、叔父の不正を発見！　晴臣に迷惑をかけまいと別れを告げることに。その後双子の妊娠が発覚し、ひとりで産み育てていたが…。3年後、突如現れた晴臣に独占欲全開で愛し包まれ!?

ISBN 978-4-8137-1648-8／定価781円（本体710円＋税10%）

『冷血悪魔な社長は愛しの契約妻を誰にも譲らない』晴日青《はるひあお》・著

円香は堅実な会社員。抽選に当たり、とあるパーティーに参加するとホテル経営者・藍斗と会う。藍斗は八年前、訳あって別れを告げた元彼だった！　すると望まない縁談を迫られているという彼から見返りありの契約結婚を打診され!?　愛なき結婚が始まるも、なぜか藍斗の瞳は熱を帯び…。息もつけぬ復活愛が始まる。

ISBN 978-4-8137-1649-5／定価770円（本体700円＋税10%）

ベリーズ文庫 2024年10月発売

『君がこの愛を忘れても、俺は君を手放さない』麻生《あそう》ミカリ・著

カフェ店員の綾夏は、大企業の若き社長・優高を事故から助けて頭を打つ怪我をする。その日をきっかけに恋へと発展しプロポーズを受けるが…。出会った時の怪我が原因で、記憶障害が起こり始めた綾夏。いつか彼のことも忘れてしまう。優高を傷つけないよう姿を消すことに。そんな綾夏を優高は探し出し――「君が忘れても俺は忘れない。何度でも恋をしよう」

ISBN 978-4-8137-1650-1／定価781円（本体710円＋税10%）

『処刑回避したい生き残り聖女、侍女としてひっそり生きるはずが最恐王の溺愛が始まりました』坂野《さかの》真夢《まむ》・著

メイドのアメリは実は精霊の声が聞こえる聖女。ある事情で冷徹王・ルークに正体がバレたら処刑されてしまうため正体を隠して働いていた。しかしある日ルーク専属お世話係に任命されてしまう！　殺されないようヒヤヒヤしながら過ごしていたら、なぜか女嫌いと有名なルークの態度が甘くなっていき…!?

ISBN 978-4-8137-1651-8／定価781円（本体710円＋税10%）

ベリーズ文庫 2024年11月発売予定

Now Printing

『一夜の恋に溺れる　愛なき政略結婚は幸せの始まり【大富豪シリーズ】』佐倉伊織《さくらいおり》・著

政略結婚を控えた梢は、ひとり訪れたモルディブでリゾート開発企業で働く神木と出会い、情熱的な一夜を過ごす。彼への思いを胸に秘めつつ婚約者との顔合わせに臨むと、そこに現れたのは神木本人で…!?　愛のない政略結婚のはずが、心惹かれた彼との予想外の新婚生活に、梢は戸惑いを隠しきれず…。

ISBN 978-4-8137-1657-0／予価748円（本体680円＋税10%）

Now Printing

『タイトル未定（海上自衛官×シークレットベビー）』田崎《たさき》くるみ・著

有名な華道家元の娘である清花は、カフェで知り合った海上自衛官の昴と急接近。昴との子供を身ごもるが、彼は長期間連絡が取れず、さらには両親に勘当されてしまう。その後ひとりで産み育てていたところ、突如昴が現れて…。「ずっと君を愛してる」熱を孕んだ彼の視線に清花は再び心を溶かされていき…！

ISBN 978-4-8137-1658-7／予価748円（本体680円＋税10%）

Now Printing

『キスは定時後でお願いします！』高田《たかだ》ちさき・著

ド真面目でカタブツなOL沙央莉は社内で"鋼鉄の女"と呼ばれている。ひょんなことから社長・大翔の元で働くことになるも、毎日振り回されてばかり！　ついには愛に目覚めた彼の溺愛猛攻が始まって…!?　自分じゃ釣り合わないと拒否する沙央莉だが「全部俺のものにする」と大翔の独占欲に翻弄されていき…！

ISBN 978-4-8137-1659-4／予価748円（本体680円＋税10%）

Now Printing

『このたび、夫婦になりました。ただし、お仕事として！』一ノ瀬《いちのせ》千景《ちかげ》・著

会社員の咲穂は世界的なCEO・櫂が率いるプロジェクトで働くことに。憧れの仕事ができると喜びも束の間、冷徹無慈悲で超毒舌な櫂に振り回されっぱなしの日々。しかも櫂とひょんなことからビジネス婚をせざるを得なくなり…!?建前だけの結婚のはずが「誰にも譲れない」となぜか櫂の独占欲が溢れだし…!?

ISBN 978-4-8137-1660-0／予価748円（本体680円＋税10%）

Now Printing

『タイトル未定（CEO×身代わりお見合い）』宇佐木《うさぎ》・著

百貨店勤務の幸は姉を守るため身代わりでお見合いに行くことに。相手として現れたのは以前海外で助けてくれた京。明らかに雲の上の存在そうな彼に怖気づき逃げるように去るも、彼は幸の会社の新しいCEOだった！　「俺に夢中にさせる」なぜか溺愛全開で迫ってくる京に、幸は身も心も溶かされて——!?

ISBN 978-4-8137-1661-7／予価748円（本体680円＋税10%）

タイトル、価格等は変更になることがございますのでご了承ください。

ベリーズ文庫 2024年11月発売予定

Now Printing

『心臓外科医と仮初の婚約者』立花《たちばな》実咲《みさき》・著

持病のため病院にかかる架純。クールながらも誠実な主治医・理人に想いを寄せていたが、彼は数年前、ワケあって破談になった元許嫁だった。ある日、彼に縁談があると知りいよいよ恋を諦めようとした矢先、縁談を避けたいと言う彼から婚約者のふりを頼まれ!?　偽婚約生活が始まるも、なぜか溺愛が始まって!?

ISBN 978-4-8137-1662-4／予価748円（本体680円＋税10%）

Now Printing

『悪い男×溺愛アンソロジー』

〈悪い男×溺愛〉がテーマの極上恋愛アンソロジー！　黒い噂の絶えない経営者、因縁の弁護士、宿敵の不動産会社・副社長、悪名高き外交官…彼らは「悪い男」のはずが、実は…。真実が露わになった先には予想外の溺愛が!?　砂川雨路による書き下ろし新作に、コンテスト受賞作品を加えた4作品を収録！

ISBN 978-4-8137-1663-1／予価748円（本体680円＋税10%）

タイトル、価格等は変更になることがございますのでご了承ください。